·衛斯理小說典藏版 33·

換頭記

衛斯理
親自演繹衛斯理
《換頭記》

新之又新的序言，最新的

衛斯理小説從第一次出版至今，歷時已近半世紀，總共出了多少正版，還能計得清，若是連盜版一起算，那就算找外星人來算，也算勿清楚哉！不知能不能也算世界紀錄。

算得清好，算勿清也好，能幾十年來不斷出新版，説明不斷有讀者加入，對作者來説，沒有更值得高興的事了，謝謝所有喜歡衛斯理的人，謝謝謝謝。

二〇二〇年六月四日 香港

幾句話

寫了四十多年小說，論者將拙作分為三個時期：早、中、晚。在明窗出版的一批，屬於早期和中期的上半。三個時期的創作風格有相當程度的不同，所以風評不一。本人並無偏愛，但讀友對早期的作品，頗有好評，大抵是由於在早、中期作品之中，主要人物精力充沛，活力無窮，所以使故事曲折多變，小說也就格外吸引。明窗出版社此次重新出版這批作品，正好讓大家來證明這一點。

四十餘年來，新舊讀友不絕，若因此而能有新讀友，不亦快哉！

二〇〇五年十一月六日

序言

《換頭記》在報上連載的時候，題目是《人造總統》，第一次出版就改了這個名子，很給人以奇詭震撼的感覺，所以一直用了下來。

人體中許多器官的移植，都已成了事實，人頭，在理論上自然也可以移植。而在許多情形下，人的死亡，十分冤枉——如果有人頭移植這回事，或是在人頭離開身體之後，可以供給頭部新鮮的血液，單獨的一個人頭，應該可以存活的。

《換頭記》也是二十多年前的作品，所以修正相當多，換頭的設想，在《聊齋誌異》中有，《陸判》一篇，寫判官替一個醜女換頭，過程奇詭妙趣之極——有機會，會把聊齋故事中精彩妙趣奇詭可怖的，全部重寫。

循例，A區也者，主席也者，「靈魂」也者，都不必深究何時何地何人，看小說，不必考證。

衛斯理（倪匡）

一九八六年十一月二十日

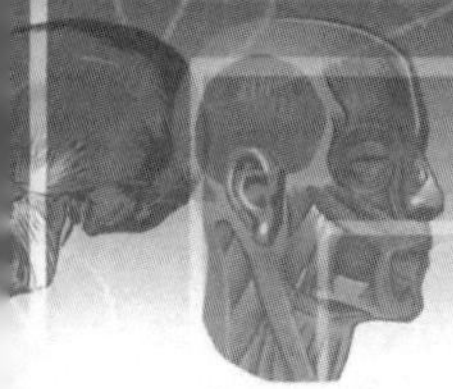

目錄

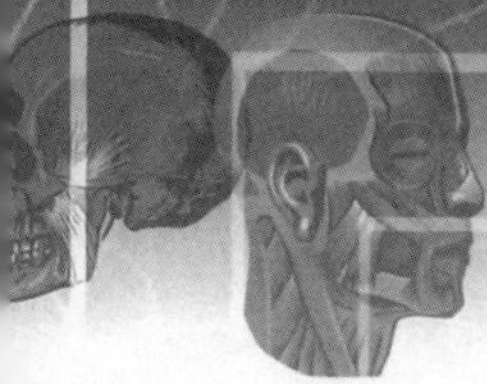

目錄

第一部

神秘機構武力邀談

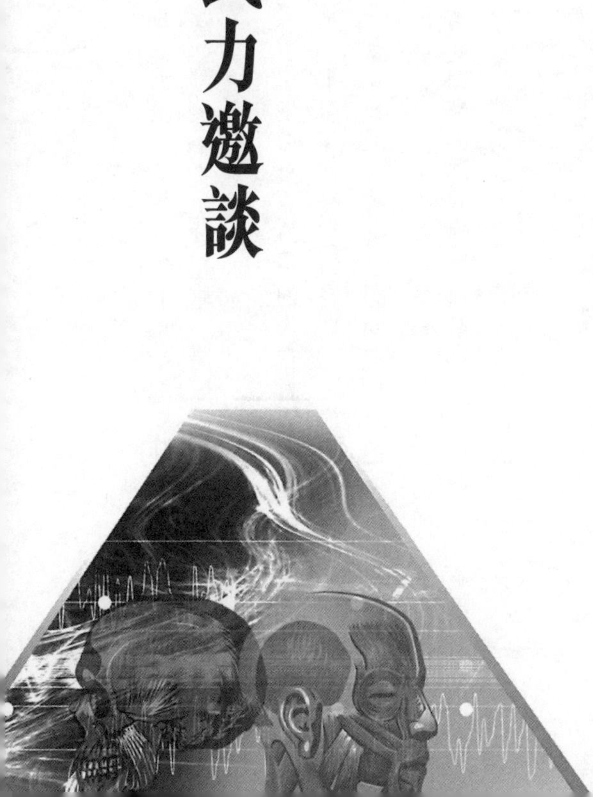

天氣十分晴朗，我和一個朋友打高爾夫球，當我的一擊，使得球兒飛到了我找尋不到的地方之際，在朋友的嘲笑下，十分尷尬，將球棒向地上一拋，表示我放棄這場比賽了。

也就在這時，我聽得一個操着生硬的英語口音的人在對我道：「年輕人，高爾夫球這種運動的特殊意義是：不論在什麼樣的困境下，你都應該將球擊入洞，當然，有捷徑可走是最好，如果沒有，你便必須克服所有的困難，而不是將球棒一拋就算數！」

我在一聽得那聲音時，便抬起頭來，靜靜地聽他講完，然後，一聲不出，拾起球棒去找球，終於找到，而且繼續比賽下去，等到十八個洞打完，我以三桿領先取勝。

我離開那個高爾夫球場的時候，在門口又碰到他，我們就這樣認識了。

他約莫有五十歲，一頭金髮，典型的北歐高身材，他是世界知名的生物學家奧斯教授。

奧斯教授曾受聘於世界十餘家知名的大學，甚至蘇聯也聘他去講學，而在他逗留在蘇聯的境內時，他和蘇聯的科學家創造了「雙頭狗」——那是生物學上移植的奇蹟。和他合作的是蘇聯國家科學院勒柏辛斯卡院士，他們兩人，將一隻黑狗的頭切下來，再在另一隻黃狗的脖子上開一個洞，將黑狗的頭接上去，黑狗的頭活在黃狗的身上，那黃狗變成有兩個頭。

這頭舉世震驚的「雙頭狗」活了七天，七天後，反倒是那「黑狗頭」還活着，而黃狗頭先死。

這種驚人的生物移植，後來並沒有繼續下去，那是因為勒帕辛斯卡院士突然失蹤了。

在蘇聯，不論是部長也好，將軍也好，院士也好，突然失蹤，是司空見慣的事，但對奧斯這樣一個崇尚自由民主的人來說，這種事發生在他的身邊，發生在他的合作者身上，那自然令得他極不愉快。

是以，他離開了蘇聯，以後，也未曾從事同樣的移植試驗。

而根據他私下對人說，那一次的實驗，若不是在後幾天，勒柏辛斯卡院士，忽然心神不寧，以致犯了幾個小錯誤的話，那隻「雙頭狗」不會夭折，可以一直活下去，到壽命正常結束。

這一切，全是我在和奧斯論交之後才陸續知道的事。

我們論交之初，是在那高爾夫球場，他知道我終於贏了比賽，高興得要邀我一起去喝酒，我們在酒吧中消磨了一個傍晚。

以後，我們時時在一起飲酒，他是一個酒徒，但對中國酒一無認識，於是我便開始向他灌輸中國酒各種知識，以及和中國酒有關的種種故事。

等到我們相交已有三個多月的時候，我才不經意地問到他：在這裏做什麼？因為本城並沒有一個學術機構，配請他這樣的學者來講學，他的回答很簡單，他道：「做實驗，我只想在一個不受人干擾的所在做實驗，所以揀中了這裏。」

我點了點頭，不再問下去。

我們保持了片刻的沉默，他轉着酒杯，那時他正在喝威士忌，酒中加了冰塊，他的視線留在旋轉的冰塊上，忽然向我問一個十分突兀而且奇特的問題。

「衛斯理」，他叫着我的名字：「你說，一雙皮鞋，穿壞了鞋底之後，換了一個鞋底，是不是可以說那是原來的皮鞋？」

「當然可以。」我望了他半晌，然後回答。

他像是對我的回答不夠滿意，是以皺着眉頭，仍然看着冰塊不出聲。

我終於補充道：「應該說一半是，因為換了鞋底。」

「那麼你的意思是，如果過了一些日子，鞋面也壞了，那麼，再換了鞋面之後，那人所穿的鞋子，和他原來的鞋子，完全沒有關係了？」

我呆了一呆，奧斯的問題聽來雖然滑稽，但是要回答起來，卻也不容易。

如果說，在換了鞋底，又換了鞋面之後的那雙鞋子，和原來的鞋子，已全然沒有關係，那是很難如此講的，因為如今這雙鞋子，是舊鞋換了鞋底，又換了鞋面而來的。但如果說有關係的話，鞋底鞋面全換過了，又有什麼關係？

這其中，含有邏輯學上相當深奧的問題，是以我想了足有兩分鐘之久，才道：「教授，你可是想放棄生物學，轉攻哲學？」

「不！」他一口飲盡杯中的酒，放下酒杯，簡單地回答我，然後，顯得有點神思恍惚，甚至不道別，就離去了。

我感到十分奇怪，因為奧斯教授從來也不是這樣不講禮貌的人。

而這時，他既然有這種反常的行動，那我就可以肯定他一定有着心事。

本來，在他走開之際，我想追上去問個究竟，以這幾個月的交情而論，可以分擔他的心事。

但是，剛走出兩步，在還未曾推開酒吧的玻璃門之際，便站定了腳步，因為就在那一剎那間，我改變了追上他的主意。

我想到，他可能是由於實驗上遇到了什麼難題，所以才心不在焉，這是科學家的通病，正如愛迪生將懷表放在水中當雞蛋來煮，對於他實驗上的難題，我無能為力，如果文不對題地去幫助，那只不過增加他煩惱而已。

我停了腳步，正待轉身過來，喝完我杯中的酒，忽然身後有人逼近。接着，便是一隻手加在我的肩上。

我是過慣冒險生活的人，如果是老朋友，絕對不會在背後一聲不出地將手放在我肩頭上，因為這會使我緊張！

而這時，我的確十分緊張，身子陡地一斜，擺脫了那隻手，同時疾轉過來。

在我轉過來的同時，我右手五指併緊，已然作出了一個隨時可以向前插去的姿勢，但是並沒有出手。

因為雖然有兩個大漢站在我的面前，但他們都帶着笑臉，你不能打帶有笑臉的人，是不？

他們的笑臉十分怪異：硬裝出來的！

而且，兩個人的服裝十分異特，那種類似大酒店侍者的服裝，好像是一種流行的制服。

兩個大漢毫無疑問孔武有力，而且，他們將手放在我的肩頭上，也絕不是認錯了人，我瞪視着他們，他們中的一個道：「喝一杯酒？」

我冷冷地道：「我本來就在喝酒。」

那人臉上的笑容，看來更使人不舒服了，他再道：「請你喝一杯，有事要和你談談。」

我再冷冷地道：「對不起，對於和陌生人交談，並不是我喜歡的事！」

我看得出，那兩人是盡力在抑壓着怒意，他們一定有相當權勢，慣於發怒。當他們臉現怒容的時候，他們的樣子，十分陰森可怖。

但是他們像是知道，在我的身上，他們的權勢不發生作用，是以怒容逐漸斂去，甚至勉強地笑了笑：「朋友，當你和奧斯教授，第一次在高爾夫球場相識的時候，他也以一個陌生人的身分和你交談的！」

那人的話，令我吃驚。

自從高爾夫球場那次之後，我和奧斯教授來往已有幾個月，可以說這兩個人在暗中跟蹤奧斯教授，至少也有幾個月了，而且他們的跟蹤本領十分高，如果不是他們自行露面，我就未能察覺暗中有人在注意我們！

而從他們的口氣聽來，他們所注意的目標，是奧斯教授，不是我，那麼，這會不會和他今晚的神態失常，以及問我的那個怪問題有關？

我愈想愈感到好奇。

如果這時，那兩個人忽然走了，我一定會追上去，但是那兩個人顯然比我更急，他們又催道：「怎樣？」

我點頭：「可以，你們可以請我喝一杯酒！」

我們一起向前走去，坐在吧櫃前，我在當中，他們兩人在旁邊，都要了酒之後，左邊的那傢伙開口：「你似乎是奧斯教授在這裏的唯一朋友？」

我回答道：「不敢肯定，至少，是他的朋友之一。」

「你是他唯一朋友，」那人代我肯定：「我們也想請你幫忙一下，說服奧斯教授，去接受一項五百萬美元的饋贈。」

我呆了一呆。

五百萬美元，這雖然不是一個天大的數目，但也足夠稱得上一個大數目。奧斯教授不見得愛錢如命，但是錢的用途畢竟很大，一個不貪財的人，也會想到有了錢之後的種種，例如奧斯教授，如果他有了五百萬美元，那麼，他自然可以建立一個相當完美的實驗室！

而聽那兩人講來，奧斯教授似乎堅決拒受這筆「饋贈」！

那麼，顯而易見，其中一定大有花樣！

而且，對方拿得出那樣一筆大數目來，那麼他們究竟是什麼身分呢？

我有點不客氣地道：「如果他不接受你們的饋贈，一定有理由，我想我們不必說下去了。」

那人呆了一下，然後壓低了聲音：「不，絕無理由，我們絕無惡意的，可以說，是求他救我們，他如果嫌數目不夠，只管再提出來，我們絕對保障他的安全——」

當那人講到這一句話的時候，一定是我臉上奇異的神情使他覺得失言，是以他突然住了口，向我尷尬地一笑。

我心中急速地轉念着，我所想的不外兩個問題：他們究竟是什麼人？他們要奧斯教授做的，又是什麼事？

我道：「你剛才的話有語病，你們要給奧斯教授的五百萬美元，並不是如你所說的饋贈，而是酬勞。」

那人側頭想了半晌，他顯然是十分重視原則的人，即使是一詞之微，他也要考慮再三，過了一會，他才道：「可以這麼說。」

我立即道：「好，那麼你要他做什麼？」

那人的面色變了一變：「對不起，不能說，而且，你也不必問奧斯，因為他也不知道，你更不必到外去打聽——如果不想對你不利的話。」

我聳了聳肩，表示不在乎他的恐嚇，然後，我又極不高興地道：「我最不喜歡和說話吞吞吐吐的人談話，謝謝你們的酒，我走了！」

我站起身來，那兩個傢伙急了，而且看來異常憤怒，竟不約而同，伸手就向我的肩頭一推，將我推回座位上！

他們真是自討苦吃！我許久未曾和人打架，以致手在發癢！當我坐回到我的座位上，而他們也開始晃着拳頭向着我之際，我向他們作了一個動人得可以得到奧斯卡金像獎姿態的微笑，然後，我雙手齊出，對準了他們晃着的拳頭，猛擊過去。

四拳相交，他們的拳頭，發出可怕的「格格」聲，但是那種格格聲，比起他們口中所發出的那種驚呼聲來，實在算不了什麼。

他們兩人開始後退，我卻不想就此算數，身子向前一俯，又是雙拳齊出！

這一次，我的雙拳，重重地擊中他們的口部，他們的口，立時腫起，和經過風臘的豬肉差不多，他們也同時倒在地上。

酒吧中有人叫起好來，我從從容容地喝完了酒，那兩人還沒有站起來。

當我在他們身邊經過的時候，我用足尖碰了碰他們的身子：「記得，想打架，隨時奉陪，絕不遲到早退！」

我在他們兩人的身邊走過，到了門口，再轉過身來：「謝謝你們請我喝酒！」

我推開門，向外走去。

我駕着車，回到了家中，在向白素講起這件事來之際，仍然禁不住笑個不停。

但是白素卻顯然不覺有什麼好笑，她還覺得十分憂慮：「那兩個人行迹可疑，他們究竟要教授做什麼？」

我搖頭道：「我也想不到他們要做什麼，當我問到這一點的時候，他們不肯回答，並且還恐嚇我不許多問，這才將我惹火了的。」

白素蹙着雙眉，道：「衛，奧斯教授遇到什麼麻煩了？我看他不會有什麼朋友，和他通一個電話？」

白素提醒了我，教授神態，的確有異於常，他有困難，我應該幫助他。

我拿起了電話，撥了教授的號碼，電話響了許久，沒有人接應，我再打，又響了很久，等到我幾乎想第二次掛上之時，突然「格」地一聲，有人聽了。

我忙道：「教授？」

教授的聲音，十分疲倦：「是我，什麼事？」

我呆了一呆：「教授，你可有什麼麻煩？希望你將我當作朋友。」

我的話說得十分含蓄，奧斯教授自尊心相當強，如果說要幫助他，或者他會覺得反感。

過了好久，才聽得他的回答：「你是我的朋友，但是我沒有什麼，謝謝你對我的關心。」

他其實是很有些「什麼」，但是既然不說，相信也必有原因，我想了解一下他的處境：「如果你肯答應，想參觀一下你的實驗室，方便麼？」

奧斯教授道：「當然，歡迎，明天上午十一時，我等你。」

當晚，我們的交談就到此為止。

在放下電話之後，我和白素兩人研究了一下，由於我根本不知捱了打的兩個人是什麼來頭，而奧斯教授本身，又諱莫如深，是以無法想得出五百萬美元的「饋贈」被拒絕，是怎麼一回事。

第二天，我起得相當早，先到貿易公司去處理一些事務——只是官樣文章，因為有一個十分能幹的經理在管着公司業務。

十時十分，離開公司，奧斯教授住在郊區，需要有充分的時間作準備。

當我來到電梯口之前，一切如常，電梯門打開，我跨進電梯的一刹那，身後傳來了一陣急促的腳步聲。

緊接着，一個人在我身邊擦過，「颼」地進了電梯。這種像是十分珍惜時間的人，其實最討厭不過，我不禁瞪了他一眼。

一看到他，便不禁一呆。

那個人，是昨晚在酒吧中打架的兩個人之一，而且，他的手中，正有一柄手槍對準了我！

我在一呆之際，我又覺出，有另一柄槍，自我的身後頂來，同時一個人用含糊不清的聲音喝道：「進去，快！」

如果不是一前一後，被兩柄槍指住，我會忍不住大笑。

因為我身後的那人，講話之所以含糊不清，全是因為曾中了我的一拳，被我打破了嘴唇，打落了門牙之故，我未曾預料到會在這裏埋伏，是以我沒有抵抗的餘地。

我走進了電梯，電梯門合上。

他們兩人中的一個，操縱着電梯，使我奇怪的是，電梯不向下，卻向上升去。

我勉力維持鎮定：「我和人有約，如果你們的邀請，不必太多時間，我樂於接受！」

那兩個人並不出聲，而電梯這時已停在廿四樓。

電梯停在廿四樓，這不禁令我一震。

我的公司在這所高達三十四層的大廈之中，雖然不常來，但是我總也知道二十四樓是什麼所在。二十四樓，全由一間貿易公司佔有，這間貿易公司的性質，和別的公司有所不同，因為它專和一個地區發生貿易關係，這個地區，為了行文方便，不妨稱之為A區。由於這間貿易公司有這種特殊的關係，所以它實際上可以說是一個半官方機構。

而A區十分具有侵略野心，這間「五洋貿易公司」被視為是一個神秘的所在，也很自然，絕非秘密。

是以當電梯停在二十四樓，打開門，那兩人押我出去時，我心頭震動。A區以特務滲透聞名於世，而我對間諜特務，一向抱敬鬼神而遠之的態度。

才一跨出電梯，那兩人態度囂張，公然揚着槍指着我，在走廊中的人，無不橫眉怒目，如果想知道那些人的樣子，只要看看通緝犯的照片，就可以思之過半。著名的臉相學家堅持說相貌可以表示這個人心中的犯罪傾向，很有道理。

來到走廊最末端的一扇門前，那兩人推開了門，押着我進去，那裏面看來完全是一家貿易行，職員正在忙碌地工作。

我才一進去，職員都停下工作來望我，其中的一個，望了我一眼之後，連忙轉身，在他面前的打字機上，快速地打了十幾下。

一個人推開一隻大文件櫃，現出一道暗門，那兩個人沉聲道：「從這扇門進去。」

我笑了笑：「裏面是什麼，一頭會噴火的九頭龍？」

那兩人臉一沉，這使得他們腫起的嘴唇更加突出。

這次，我實在忍不住笑了起來，不等他們再說什麼，伸手去推那暗門，應手而開，裏面是一間華麗的辦公室。

辦公室正中，是一張巨大的寫字枱，寫字枱後面的牆上，掛着一幅高約七呎的人像，那是A區的終身主席，世界上最具侵略野心的獨裁者之一。

辦公桌後面坐着一個個子十分矮小的人。那麼矮小的一個人，坐在如此巨大的寫字枱和高背真皮旋轉椅之上，給人的感覺，應該十分滑稽。

但當時卻沒有這樣的感覺，我只覺得十分陰森，因為那個其貌不揚的小個子，有着一雙極其陰森、炯炯有光的眼睛。

這一對出色的眼睛，不但改變了他本來猥瑣的容貌，也使人不注意他那可笑的矮個子，而感到他有一股異常的震懾力量，使得你站在他的前面，會感到一種被壓迫感。

一眼間，我肯定那是一個極有來頭，非同小可的人物，他那鋭利的目光，在我的身上掃了一遍，才道：「請坐，對不起，我們必須請你來談談。」

我心中想，我必須不被他嚇倒，他一定很知道自己的長處，知道那雙厲害的眼睛可以給人以壓迫感，使得人不由自主地退縮。

我偏偏不退縮，挺起了胸，直走過去，一直來到了他的寫字枱前面，然後，我雙手撐着桌面：「你有什麼話只管説，我還有約會。」

那人道：「是的，我知道，和奧斯教授的約會。」

我愣了一愣，他是怎麼知道的？我和奧斯的約會，我沒有通知過任何人！

他得意地笑了起來：「別忘記，衛先生，我們地區最出名的是特務統治，而且在國外的特務工作也出名！」

他在講到「特務工作」時那種得意洋洋的神態，證明他是一個特務，他向後斜靠着身子：「你知道我是誰？」

我不知道他是什麼人，但是他一定是一個極重要的人物，這一點我深信不疑。

我搖着頭，表示不知道他是誰，但是我卻道：「大人物？」

那人有點自傲地笑了笑，人喜歡奉承，他將手放到了桌上：「你或許聽過我的代號：『SOUL』，你應該聽過，我喜歡這個英文字的代號，它表明了我真正的身分。」

我呆了半晌。

我絕不是為了博取他的好感而假裝發呆的，我是真正呆住了。

古人常說「久聞大名如雷貫耳」，如今，我一聽到他的名字，確然有如雷貫耳的感覺，我像是劈頭有一個雷打下來一樣地呆住了。

過了足足有一分鐘之久，我才吁了一口氣：「久仰大名，真的。」

那人又笑了笑：「請坐，請坐。」

我一面坐下，一面道：「今天能夠見到你，而且，你還立即向我表露了身分，榮幸之至。」

我一向很少心中想一套，口中講一套的。

如今，我口是心非，心中正在罵：遇到了你這髒靈魂，只怕要倒楣了。

「骯髒的靈魂」，在A區炙手可熱，權傾朝野。他沒有實際職務，在一個民主國家中，簡直不可思議，但在一個獨裁地區中，卻順理成章。

靈魂是他的代號，因為沒有人敢直呼他的名字，那個代號的意思是：他是主席的靈魂，而我在心中稱他為「骯髒的靈魂」也是有道理的，因為他所做的，全是髒事。

死在「靈魂」簽署秘密文件之下的人，因為「靈魂」的手令而下獄的人，上七位數字總有的。

「靈魂」是這樣的一個人！

第二部

骯髒的「靈魂」

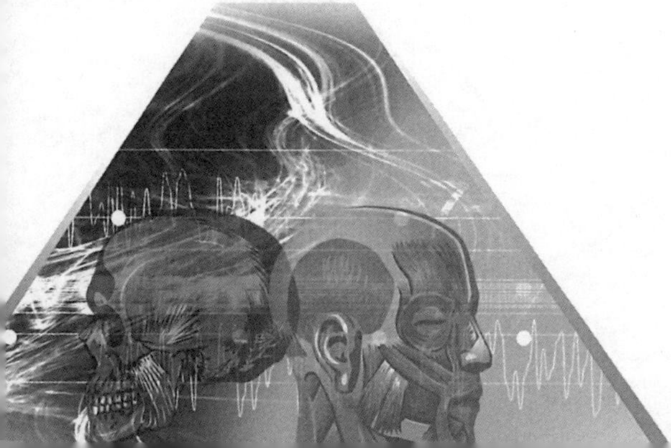

這樣的一個人，用這樣的手段見我！

「靈魂」既然「請」我來，一定有極其重大，極其機密的事，要把我牽入漩渦。我無法想像，和A區有什麼關係，要有的話，當然是間接的，中間的媒介是奧斯教授？

我才坐下，「靈魂」已然道：「需要你參與一件極大的機密，當然你不會蠢到將機密泄露出去。」

我連忙雙手亂搖：「對不起，我對於任何機密都沒有興趣，還是別參與的好。」

「靈魂」的雙眼之中，射出十分厲害的光芒，令我感到不安。

他沉聲道：「不管你有沒有興趣，你必須參與，也已經參與！」

說罷，目光炯炯望着我。

我苦笑着：「你選錯對象了，我和奧斯教授不過是泛泛之交，我們認識了只不過幾個月，大多數的時間，在酒吧中度過，實在不能做什麼！」

「靈魂」對我的推搪，無動於中，他只是望着我，總算等我講完才道：

「事情是：你去勸服固執的教授，接受五百萬美元的酬勞，或者更高，要他去做他絕對感興趣的生物學實驗。」

我嘆了一口氣：「你應該知道，酬勞再多，也絲毫沒有吸引力！」

「靈魂」有點惱怒：「為什麼？可以在瑞士最著名的銀行，替他開戶口。」

「金錢必須有人去用，你們的地區，不客氣地說，連基本的法律也沒有，貴區的主席就是一個絕無法律觀念的人——」

我才講到這裏，「靈魂」的右手，提了起來，「叭」地一聲，拍在桌子上。他一定是一個拍慣桌子的人，因為那一下拍桌子的聲音十分大，打斷了我的話頭，他滿面怒容：「你竟敢侮辱我們偉大的領袖！」

我搖着頭：「絕非侮辱，只是批評，一個領袖，如果連容人批評的量度也沒有，那麼他決非偉大領袖。是以我希望你別打斷我的話頭，你打斷我的話，足以證明你心中輕視你的主席。」

「靈魂」面上的怒容，足維持了一分鐘左右，才漸漸斂去：「你口才不錯，說下去。」

我又道：「你們的主席，認為他的話就是鐵定不移的法律，任何人，連最起碼的人身保障也得不到。」

「靈魂」又再拍了一下桌子：「你是說，如果奧斯教授跟我去，不能出來了，是不是？」

我點頭：「對，問題簡單，你看出我無能為力了吧！」

「不，」出乎我意料之外，「靈魂」仍然不肯放過我：「你可以將我的保證轉達給他，我保證他的安全。」

我苦笑了一下：「閣下的保證——」

我遲疑了一下，沒有再說下去，我想說他的保證，其實一點靠不住，這是引人上當的拿手好戲，不少政敵，就被他用這種方法剷除。但是我又怕我如果「直言談相」，會將他激怒，是以只講了一半，便停了下來。

「靈魂」顯然已知道了我的意思，他居然嘆了一口氣：「放心，這一次，如果我不履行保證，那一定是我的力量已失，不能保證什麼了！」

聽到了這一句話，我心中的吃驚，實在難以形容！

「靈魂」居然會講出這樣的話來，實在令人難以置信，若是他沒有力量，那就是說他已失勢，他失勢，意味A區主席的下野，那將是一場什麼樣的政治風暴！

我無緣無故，竟牽入了這場猛烈的政治風暴之中，的確太不可思議了！在A區中所發生的政治風暴，毫無疑問地將會影響及全世界，而我——一個普通人，將要擔任什麼角色呢？我不知道該說些什麼，呆呆地望着「靈魂」。

「靈魂」又嘆了一口氣，他的聲調轉變得十分柔和，與其說柔和，毋寧說是沮喪：「我這樣的地位，日子過得很緊張，緊張得你不能想像，絕不能！」

在這一點上，我倒是同情他的。

他是一個獨裁者最得力的助手，運籌握策，叱咤風雲，一人之下，萬人之上，不知多麼威風，但是在那幾句話上，卻可以聽出這些年來，他過的實在是非人生活，而且他還必須不惜一切代價，去維持這種非人生活。

因為他如果一垮下來，那就什麼也沒有了！

我又呆了片刻：「我稍為可以想像一下，你的生活當然是緊張的——」

我的話還未曾講完，他突然「砰砰砰」三下響，接連拍了三下桌子，打斷了我的話頭，尖聲道：「你不能，你絕不能！」

我實在無意和他在這個問題上爭下去，是以我攤了攤手：「好，我不能！」

「靈魂」喘着氣，好一會，才漸漸恢復了原狀，在尖叫時，他站起來，這時又坐下，以手支額，低着頭，好一會不出聲，然後才苦笑了一下：「你或許不相信，你和我們絕無關係，照理來說，我絕不應該相信你，但是我倒反而可以對你説説心中的話，而——」

他略頓了一頓，又苦笑着，才道：「而我對着我自己最得力的助手，卻反倒什麼也不敢說，這不是很……可笑麼？」

我糾正了他的話：「不可笑，只是可悲。」

「靈魂」又凝視了我半晌，才道：「這一切，你不會向外泄露吧？」

「你放心好了，我為什麼要向外泄露，我和你沒有利害衝突，我也不會時時刻刻想取代你的位置，你怕我作甚？」我聳聳肩：「而且，我還想多活幾年，不想得罪你！」

他道：「好了，我們談正事，我和奧斯教授直接談過，失敗了。」

「你究竟要奧斯教授做什麼？」我直截了當地提出。

「靈魂」卻並不回答：「我只能告訴你一個大概。」

「請奧斯教授到貴區去進行一項實驗？」我還記得他剛才説過的話。

「不錯。」

「教授不肯。」我哈哈笑了起來：「大可以運用你們第一流的特務，將他綁架。」

「當然可以，太容易了！」

「靈魂」一面説，一面又用鋭利的眼光望定了我，這使我的心中，不禁大為震動。

「靈魂」是一個冷酷無情的特務頭子。

但是剛才，當他提及他幾十年來的緊張生活時，內心恐慌得如同暴露在萬支燈光之下的一頭小老鼠！

他望了我片刻，然後才道：「我們要奧斯教授做的事，絕對不能有絲毫錯誤，絕不能！我們不能影響他的情緒，更不能強迫，一定要他自願，全神貫注地去做，而且，世界上能做到這件事，只有他一個人，只有他！」

我仍然想推卸責任：「這與我無關，我無能為力。」

「靈魂」又用力在桌上敲了一下：「你去勸他接受邀請，不論他要多少報酬，或是什麼條件。」

如果我只求脫身，我大可答應他，立時可以離開，可是我卻知道，事情絕對沒有那樣簡單，他既然找到了我，而且，還對我透露了他們地區即將發生政治風暴的大秘密，那麼，我已經脫不了身，除非我能說服奧斯教授。

事實上，我更知道，即使我說服了奧斯，幫了他一個忙，事後是不是可以沒事，也是難說，因為我已參與機密，參與機密的人，總是特務頭子的眼中釘！

我一直不出聲，他有點不耐煩了：「你還在想些什麼？」

我不由自主地嘆了一口氣：「太多了，想的事太多了！」

「什麼條件，只管提。」他有點傲慢他說。

「你這句話講得不對，能不能說服奧斯，一點把握也沒有，怎談得上什麼條件？」

「只要你肯去做！」

「那麼，你對奧斯說明了要他去做的是什麼實驗？」

我仍然在問他究竟要奧斯去做什麼，但是卻採取了一個比較曲折的方法。

「靈魂」也立時驚覺，他呆了一呆：「沒有告訴，但曾經暗示。」

事情現出一絲曙光，我相信奧斯教授知道「靈魂」要他做什麼，而這正是他神態失常的原因。

事情和生物學有關，可是卻無法想像究竟是怎麼一回事。

「靈魂」繼續道：「這是極度機密，至今為止，只有主席夫人和我兩個人知道，連副主席都不知道。」

我捉住了他這句話中的語病：「難道主席也不知道？」

想不到這一句話，竟然給他以極大的震動，不但他的身子震了一震，而且他的眼中，竟也有了驚惶的神色，面色大變！

雖然那只是一剎那間的事，但已令得我大起疑心。

而且，他對我的問題，避而不答，在立即恢復了鎮定之後，他自顧自地續道：「你既然已經知道了這個秘密，就必須聽命。」

我大聲道：「第一，我從來也沒有聽過什麼人的命令；第二，我什麼也不知道，因為你什麼也未曾對我說！」

「靈魂」立即更正了他的話：「我或許說錯了，我的意思是，你既然知道了我們和奧斯教授之間的糾葛，那一定要合作。」

我將雙手按在桌上，上身前俯幾乎和他鼻子相碰，我大聲道：「你一定對我十分熟悉，該知道，我絕不在強迫下做任何事情！」

「靈魂」長嘆一聲：「沒有強迫，我求你答應，我必須獲得你的幫助。」

這傢伙，軟硬兼施，什麼都來，我知道如果不答應代向奧斯說項，目前就無法脫身。如果答應，那麼，日後麻煩，方興未艾，真是左右為難！

我冷笑了一聲：「你必須獲得我的幫助，可是，要奧斯教授作什麼，卻不肯對我說。」

「不是不肯對你說，而是不能對你說，就算對你說了，你聽了之後，一定後悔曾聽到那樣的事，因為……因為……」他頓了一頓，甚至還喘了一口氣，「因為……太駭人聽聞了！」

我呆了半晌，我不認為「靈魂」目前的神態是假裝的，而且，事情要「靈魂」親自出馬，那不消說，定然極之嚴重。

要命的是：我無論如何想不出那是什麼事！

我沒有再追問，「靈魂」呆了片刻：「你明白了？」

「我明白！」我立即回答：「我是交了霉運，所以才會和你這樣的人見面。」

「別那麼說，朋友，如果這件事成功了，我們會十分感謝你，你和奧斯教授的約會是十一時，不多耽擱你了！」

「靈魂」極其聰明，他也不管我是否已經答應，只是提醒我該去見奧斯。

我當然也不說什麼，轉過身，走到了門口。

我在門前略站了一站，才道：「我會盡力而為。」

「非常感謝你，請你別將我們晤面的事對人說起。」

我苦笑：「你將我當白癡了。」

我推門而出，門外有兩個大漢「送」我到電梯門口，他們等我進了電梯之後，才讓我恢復了自由。

我是不是真正恢復自由，只有天曉得，我被監視，這是毫無疑問的事。

這種情形，令我十分生氣，我已經決定，見了奧斯教授之後，要盤問清楚，究竟「靈魂」和他談的是什麼交易。

我在「靈魂」處，耽擱了二十分鐘左右，不致於遲到。

奧斯教授在郊區的住所十分幽靜，全是建築華麗的別墅。

我在一幢別墅門前停車，看到房子的一邊是一所很大的溫室，暖房中有許多花草，有的正盛開着美麗的花朵。

我按鈴，我看到奧斯教授從溫室中走出來，開門讓我進去：「你遲到了！」

他也許只是隨便一問，或者他知道我一向守時，但是我卻不肯放過這機會，我立即道：「有一點意外。」

第三部

教授的實驗

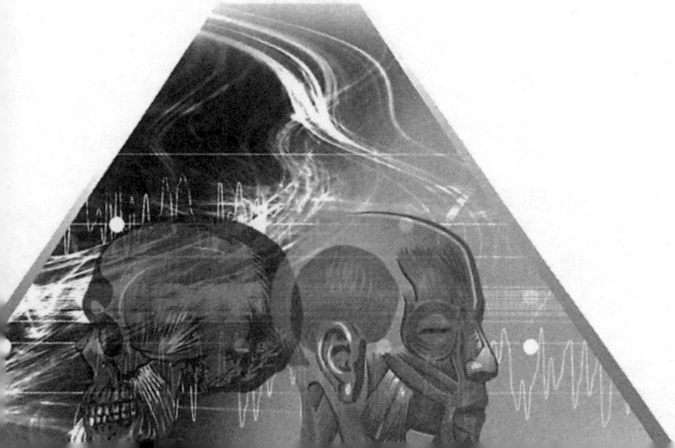

在我的意料中，他一定會問我什麼意外，那麼，我就可以對他說，我和「靈魂」見過面，再進一步，就可以討論「靈魂」要做什麼。

可是，奧斯教授卻並不問我發生了什麼意外，他只是輕描淡寫地道：「幸而你終於來了，你看，我在這裏進行的實驗，大多數在植物身上進行。」

他既然這樣講，我心中已經準備了的那一大串話，一時之間，自然也講不出口來，只得先跟他走去。

一走進了溫室，就彷彿置身在另一個星球。

所看到的，全是一些古古怪怪的植物，我看到一株橘子樹，但是在樹梢上所長出來的，卻是一顆顆的葡萄，而且在枝椏處，有蔓狀的藤長出來，在一棵芭蕉之上，生着三種不同的葉子，也開着三種不同的花，一種闊大的野芋葉，在葉柄處生出許多尖刺，如同仙人掌。

我感到十分迷惑，不禁問道：「教授，你從什麼地方蒐集了那麼多古怪植物？」

教授「呵呵」地笑了起來：「不是我蒐集來，是培養出來的。」

我明白，那是移植，教授本是世上移植學的權威，像那種移花接木的玩意，在他來說，當然不算是一回事了，別忘記，他曾經創造過雙頭狗！

我道：「原來那是移植的結果，我以為你做實驗，只限於動物。」

「動物和植物同時進行，移植的原理是一樣的，但是植物在移植後，有一種自然的生長力量，使移殖體和被移殖體，自然接合，然而動物卻缺少這種力量，我已經發現了植物那種超特力量的生長激素了。」

我有點吃驚：「真的？」

「到目前為止，這還是一個秘密，」奧斯教授的神情很嚴肅：「現在，我請你來看看，我將極難獲得的生長素施用於動物上的結果。」

他將我帶到了暖房的盡頭，推開了一扇門，那是他的另一間工作室，工作室中，是一列長桌，桌上放着許多器械和箱子。

他打開了其中的一隻金屬箱：「你看！」

他在講「你看」時，充滿自傲，可是我向那金屬箱子內一看，陡地呆了一呆，立即後退了一步，只覺得全身的皮膚發麻，而且起了一陣要嘔吐的感覺！

實在來說，那極其醜惡——雖然那是生物移植上的一項了不起的成就。

我看到了一個前所未見的怪物。

那怪物的身子，是一條粗大的蚯蚓，但是，在蚯蚓的一端，卻是一隻蝗蟲的頭，還有兩對足，蚯蚓的身子在蠕蠕而動，蝗蟲的足在爬着，唉，還是別說了吧，實在太令人嘔心。

奧斯教授卻分明未曾注意到我已經有點受不了，他小心翼翼地合上了箱蓋：「你再來看，這才是真正成功的例子，因為哺乳動物也能接受這種生長素。」

他一面說，一面取下了一隻箱子上的布幕。

我實在不想看，但是好奇心又使我不能不去看那隻箱子中的東西。

那箱子的一面是玻璃的，是以我不必走過去，就可以看到箱子中是什麼。

我看到了一頭貓，神情委頓，貓眼閉着，在發出咕咕聲。然而那隻貓，卻還有另外兩個頭，一個是兔頭，在左邊，兔眼正在慌張地轉動着。而在牠的右側，則是一隻小黃狗的頭。

那狗頭垂着，像是在打瞌睡。

那是一個三頭怪物，而這三個頭，顯然全是活的，我只感到全身震慄！

奧斯教授道：「這是我在六天之前完成的，牠們已活了六天，而且，生長情形十分良好，你怎麼不恭賀我的成就？」

我感到十分難説話，我只好道：「教授，你真了不起。」

教授道：「還有哩，你來看這個。」

我實在想閉上眼睛，但是我似乎已失去了閉眼睛的能力！

而且，我的身子，也不由自主地跟着他向前走去，來到了另外一間房間中，在一隻金屬箱之前，停了下來，那金屬箱之上，也覆着一塊布。

我作好了心理準備，接受來自超自然怪物的打擊，可是，當奧斯將布揭開之後，我卻大大地鬆了一口氣，我看到一頭猴子。

那猴子只有一個頭，自頸以下，全在那金屬箱子之中，那猴子見了人，發出嘶啞的叫聲，眼珠亂轉，像是十分痛苦。

我直到這時，緊張的神經，才略為輕鬆了一下，噓地一聲：「這猴子在洗土耳其浴？」

奧斯教授向我神秘地笑了一笑：「或許牠想！」

他一面說，一面伸手在猴頭上摸了一下，然後，雙手抓着猴子頭，向上提了起來，當他的雙手向上一提之際，我不禁呆住了。

那猴子頭並沒有身子，就只是一隻猴子頭！

在頸部分，有一個白色的橡皮套，連結着許多管子，通向那金屬箱子，奧斯教授捧着猴頭，直送到了我的面前。

我呆若木雞地站着，倒是那猴子，還在不斷地向我眨着眼睛。

過了好一會，我才結結巴巴地道：「你……做了什麼？」

奧斯教授將猴子放回了原地：「我將這猴子的頭和身體分離了。」

我只好喃喃地重複着：「分……分離了？」

「是的，這個猴頭，毫無負擔地活了十四天，活得很好。」

我不由自主，伸出手來，摸了摸自己的脖子，苦笑了一下：「真難以想像，你下一步的實驗……是什麼，你已經做得太過分了。」

「過分？」奧斯驚訝地反問：「這只是第一步！」

「第二步呢？」我的聲音，甚至有點發顫。

「第二步。」奧斯揚起了手，洋洋得意。

可是他只講了「第二步」三字，在外面，突然傳來了「砰」地一聲巨響。那一下響，打斷了奧斯的話頭，他轉過身去：「你在這裏等我，我出去看看。」

他也不等我答應，便已向外走了出去，我只得在那間房間中等他。

在奧斯教授離開之後，房間中十分靜，只有那隻猴頭，不時在發出一種嘶啞的聲音。

我實在沒有勇氣去多看那猴子頭一眼，這隻猴子頭，算是什麼呢？算是生命？如果是生命的話，那是什麼生命呢？但是卻又絕不能說牠不是生命，因為牠是活的，牠會叫，如果牠是人而不是猴子的話，說不定還會講話——當我一想到這裏之際，我忍不住機伶伶地打了一個寒顫，涼氣直冒！

我為了壯膽，大聲叫道：「教授！教授！」

但是教授並沒有回答我，反倒因為我的一叫，大約使那猴頭受驚了，牠竟發出一種十分尖銳的聲音來，同時，掀起了上唇，露出了白森森的牙齒。

這更使我毛髮直豎，我退開了幾步，離得那猴頭遠一些，然後我又叫道：「教授！」

我已經退到門口了，教授是因為聽到外面有什麼奇異的聲響而出去察看的，照說，我這樣大聲叫他，他應該回答我的。

但是我卻仍然得不到教授的回答。

這時，除了那猴頭還在發出令人心悸的怪叫聲，整所屋子，靜到了極點。

可是，突然之間，我卻聽到了一陣汽車引擎的發動聲，自外面傳了過來。

這令得我陡地一呆，也使得我在一呆之後，立時向外跑出去。

當我穿過花園之際，我還來得及看到教授的那輛灰色房車，正在急速向外駛去。

本來，就算教授突然想起了有什麼事，而需要離開，那已經是夠突兀的了，但或者還可以勉強講得通。

可是這時，就在車子向前疾駛而出，我一瞥之間，我卻清楚地看到，教授是坐在車子的後座，而且，在教授之旁，還坐着兩個人。

在教授左邊的那個，甚至還轉過頭來，向後面望了一眼，但是由於距離太遠，所以看不清楚他的臉面。

車後座連教授在內有三個人，車子當然是需要有人駕駛的，那也就是說，至少有三個人來這裏，將奧斯教授綁架綁走了。

我之所以立即想到奧斯教授是被綁架的，那是因為我看到，坐在奧斯教授身邊的那兩個人，將他挾得十分緊。

而且，如果奧斯教授是出於自願離去的話，那麼在情理上而言，他似乎不可能連講也不講一聲。

我又向前奔出了幾步，在不可能追上這輛灰色房車之際，才停了下來。

在我向前奔出的時候，心念電轉，不知起了多少疑問，綁走奧斯教授的是什麼人呢？是「靈魂」指使他手下幹的麼？

但是，我剛和「靈魂」見過面，「靈魂」要我說服奧斯教授去接納他的請求，而且，他強調要奧斯教授所去做的事，完全要出於自願，而不能有絲毫強迫，所以，「靈魂」不應該用這種手段對付奧斯教授。

那麼，那三個是什麼人呢？

我嘆了一口氣，本來已是神秘之極的事情，因為奧斯教授的被綁架，而變得更複雜了。

而且，在我來説，事情的麻煩，更難以設想。「靈魂」可能會懷疑我在從中搞鬼，因而來對付我了！

為了我的利益，奧斯教授究竟落到了什麼人手中，我亟需弄清楚！

我停留了大約只有半分鐘，便向我的車子疾奔了過去。

當我可以看到我的車子時，忽然聽得「砰」地一聲，車門被關上，有一個人自我的車子中，跳了出來，以極快的速度，向外奔開去。

那人開的是另一邊的車門，身子有車身隔着，我看不清是怎樣的一個人。

但是我一看到居然有人從我的車子中跳出來，心中的惱怒，實在難以形容，我大叫一聲：「別走！」

我迅速繞過了車頭，向前追過去。

然而，當我一越過我的車子之際，我忽然聽到了在我的身後，又傳來了一陣急促的腳步聲。

從那陣腳步聲聽來，自我身後逼近過來的人不止一個，在那剎間，我明白了，躲在我車內的不止一個人，他們之中的一個，在我走近車子時跳了出來，引我去追他，好讓他的同伴，在背後偷襲我！

我仍然向前奔着，但是突然之間，蹲了下來，同時，猛地轉身，倏然直立，雙拳向前擊出。

在我身後逼近來的，是兩個大漢。

兩拳直陷進了他們的肚子之中，那兩個人穿着深色的運動衫，頭上，套着絲襪，臉面不清，在我的拳頭陷進他們肚子的一剎間，我卻也可以看出他們臉上那種充滿了痛楚的神情。

他們當然和綁走奧斯教授的人一伙，他們之中還有人沒有走，這是我求之不得的事。

我迅速地抽回拳頭來，他們兩人，不約而同地抱住了肚子，身子向前一俯，向前跌出了半步，而還不等他們的身子站定，我兩拳又已再度揮出，這一次，拳頭以至少八十磅的衝力，向他們的下頦擊出。拳頭和他們的下頦接觸之時，發出了可怕的「拍」地一聲響，在我右邊的那個，身子突然打了兩個旋，跌了出去。

但是，那人的身子才一跌出，手在地上一按，立時站了起來，連跌帶爬，向前疾奔了出去。

而在我左邊的那個傢伙，卻沒有他的同伴那樣幸運了，因為我的左手之上，戴着一隻相當大的戒指，當那隻不鏽鋼戒指，連同八十磅的衝力，一起撞向他的下頦之際，那滋味不是十分好受！

他發出了一下模糊不清的慘叫聲，身子向後倒去，我的拳頭上，立時染滿了鮮血。

我不去理會那沒命也似逃走的傢伙，踏前一步，在那人的胸口踢了一腳，那人已全然沒有反抗能力了！

他在地上翻了一個身，跪了起來，背對着我，雙手捧住了頭，自他的口中，則發出了一陣嗚咽聲，我拔起了一把草，擦着我拳頭上的血，然後，我向他走過去：「別裝死了，站起來！」

那人的身子發着抖，看來像是十分痛苦，但是，當我來到了他的身後之際，他卻突然一個旋轉，跳了起來，在他身子一轉之際，我已看到他的手中多了一柄槍！

由於他的身子在急速轉動，所以容易避開他的射擊，我着地向外，疾滾而出。

在我滾到車子底下之時，「砰砰」兩下槍聲，子彈射在地上，我的身子滾進了車底，又迅速地穿到了車子的另一邊。

那樣，在我和這傢伙之間，有了一輛車子，他射不中我。

他不再射擊，而轉身向外奔開去。我不禁為難之極。

我當然希望俘擄他，但是要俘擄他，就必須追上去，我來探訪奧斯教授，絕料不到會發生什麼意外，是以我的身上，雖然經常都備有一些武器，然而這些武器，卻全不能和手槍相敵。

我如果追上去，那麼那傢伙射中我的可能性就極高！

而如果我不追上去，那麼我就要失去唯一的線索！

我考慮了極短的時間，便突然拉開了車門，坐到了駕駛位上：用車子去追他！

當然，他仍然可以開槍向我射擊，但是我如果高速地向他衝過去，他可能命中不了目標。

而且，我伏着身子，就算他射中了車子，他也未必傷得了我。

當車子發出狂吼聲向前衝出之際，那人滿是血污的臉轉了過來，連續不斷地射擊。

車前的玻璃碎了，我低着頭，變得盲目地向前衝出，車子像一頭發了瘋的公牛。突然間，右輪上又中了一槍，車子猛地一側，突然翻了過來，變成了四輪朝天，我在車內，翻了一個筋斗，忙不迭爬出來時，車子已經起火燒了起來。

我一爬出車子，就向前面看去，我看到一輛車子在公路上迅速地駛出來，車門打開着，車中有人伸出手來，拉着那人，上了車子。

而在那人跳上車子的一剎間，「叭叭叭叭」，一排手提機槍的子彈，就在我面前一碼處，留下了一排整齊的彈痕！

我出了一身冷汗，僵立在那裏。因為我絕不認為那機槍射手之所以射不中我，是因為他的射擊技術差！

那一排子彈，完全可以射中我！

但是他卻沒有那麼做，他的目的，只是在阻遏我再向前追去！

在這樣的情形下，如果我還向前追去的話，那麼我就是十足的白癡！

我呆立着，眼看那輛車子，絕塵而去，轉眼之間就再也看不到了。

我仍然呆立着，因為我心中的疑惑更甚，不明白何以對方要槍下留情。他們綁走了奧斯教授，但如果將我槍殺了，豈不是更乾淨利落？

為什麼他們竟不這樣做？

我一直呆立着，直到我聽得奧斯教授的住宅中，有電話鈴聲傳出，我才奔回屋子，拿起了電話，電話的那邊傳來了一個聽來模糊不清的聲音：「有一位衛先生，是正在拜訪奧斯教授的，請他聽電話。」

竟是找我的電話！

我吸了一口氣，才道：「我就是。」那邊的聲音道：「請你等一等。」

我忙問道：「是誰，怎麼一回事？」

接着，我聽到了「靈魂」的聲音。

「靈魂」在電話中道：「我委託你的事情，進行得怎麼樣了？」

我「哼」地一聲：「你已主使你的手下，將奧斯教授綁走了，還來問什麼？」

我雖然不以為綁走奧斯教授的是「靈魂」的人，但是整件事實在太波譎雲詭，「靈魂」也大有可能主使手下綁走教授，是以我才這樣說。

「什麼？」「靈魂」自電話中傳來咆哮。

「奧斯教授給人綁走了，是你手下幹的好事！」

「你在什麼地方？」他繼續咆哮。

「你電話是打到什麼地方來的？」我也惡聲相向。

「在原址等我，我立即就來！」

「你來？」我感到十分奇怪，立時反問他。

可是，他沒有回答，立時掛斷了電話。

以「靈魂」的身分而論，他在那間貿易公司內出現，已是十分值得奇怪的事。但如果說他竟準備公然行動的話，那更奇怪之極！

因為這裏並不是A區。「靈魂」在A區，是個叱咤風雲的人物，但是在這裏，他要是亂來，可能鋃鐺入獄的。

當然，以A區的勢力，在交涉之下，「靈魂」始終會被釋放出來。但是A區的政局瞬息萬變，如果「靈魂」在此地受挫，那麼他在A區的政治生命可能會就此完結！

「靈魂」習慣於那麼險惡的政治生涯，他當然應該考慮到這一點。

但是他還是立即要到這裏來，由此可知這件事是如何的嚴重。

那麼，我應該怎麼辦呢？

本來，奧斯教授、「靈魂」、將奧斯綁走的那一批人，三方面之間，和我絕無干連。然而如今我卻已不可避免地捲進了漩渦之中！

照眼前的情形看來，我自然只好在這裏等「靈魂」的來到。因為若是當「靈魂」趕到，發現我不在這裏的話，一定以為我在從中搗鬼！

當我想到這裏的時候，我忽然想起，如果奧斯教授不是真的被人綁走，我勸教授逃走，然後再對「靈魂」說奧斯教授已被人綁走了，這倒是一個極好的辦法，這個辦法是可以使奧斯教授擺脫「靈魂」對他的糾纏，只是可惜如今奧斯教授真的落入了一批來歷不明的人手中！

第四部

迭遇武術高手

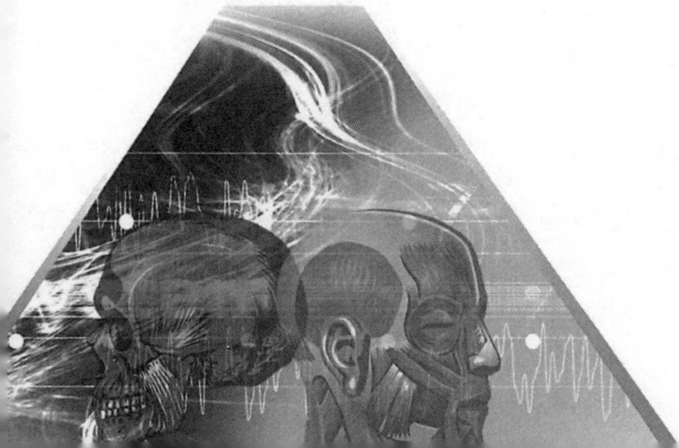

我來回踱了幾步，「靈魂」不可能如此快趕來，我應該還可以趁這個空檔做些事，我轉身上樓去，在教授的臥室之中，略轉了一轉，教授一定是一個十分愛好整潔的人，他的房間中，可以說一塵不染。

在二樓，還有幾間房間，我都推開門來看了一看，沒有發現什麼異樣，這大約費去了我十來分鐘的時間，而那時，我已經聽得一陣急促的汽車聲傳來，我自窗口向外看去。

我看到一輛名貴房車和兩輛普通的房車，疾駛而至。

而那輛大車子，使用外交官的車牌。

我一看到這輛車子，就知道那是「靈魂」來了，於是我匆匆地下樓去。

當我奔下樓梯，來到了樓梯的轉角處之際，我踢到了一樣東西。

我低頭一看，那是一本小的記事本，是隨時可以放在上衣袋中的那種。皮封面紫紅色，我記得這是奧斯教授的記事本。

是以我俯身拾了起來，放入袋中。

而等到我奔到樓下時，「靈魂」已然在幾個人的簇擁之下，旋風也似地捲了過來。

一看到了我，「靈魂」立時停了下來，在他身後的五六個人，立時散開，將我圍在中心。他們的行動之熟練和快捷，以及配合得如此之完美，這證明他們全是久經訓練的一群。

而「靈魂」則直趨我的身前，厲聲道：「怎麼一回事？你說，怎麼一回事？」

這個其貌不揚的矮個子，竟敢如此厲聲地向我喝問，我當真想一隻手按住他的頭頂，另一隻手向他的下頦，狠狠地打上一拳。

但是我卻竭力忍住了，沒有那麼做。

因為這個其貌不揚的小子，他擁有指揮十萬名以上遍佈地球每一角落，窮兇極惡特務的權力！

我忍住了氣：「我和教授在實驗室看一隻猴子頭，忽然外面傳來『砰』地一聲，教授走出去看，等我叫他而聽不到他的回答之後，再趕出來看時，教授已經被綁走了！」

「靈魂」的雙眼之中，冒着異樣的光采望着我：「什麼人，綁走他的是什麼人？」

「我不知道，他們套着絲襪，我曾和他們中的幾個人打過，但是終於被他們逃脱，我還幾乎喪生在他們的子彈之下。」

我揚了揚我仍然沾着血的拳頭。

可是「靈魂」卻一下冷笑：「你將教授藏到什麼地方去了？你以為我會相信幼稚惡劣、無聊而不可靠的謊言？」

我又是吃驚，又是惱怒，我甚至惱怒得將拳頭揚到了他的鼻子之前，我大聲喝道：「我説的是實話，只有像你這種卑鄙的人，才習慣於説謊！」

「靈魂」並不和我再爭辯，他只是冷冷地道：「衛斯理，你被捕了！」

我不禁怒火上衝：「你以為這裏是什麼地方？你有權力在這裏隨便捕人？」

「靈魂」冷笑一聲：「所謂權力，是強者的象徵。如果你現在不能抵抗我們，那我們就有權力，而你的被捕，也成為事實！」

我厲聲道：「是麼？」

隨着這兩個字，我的拳頭，也已向前疾送出去！

「砰」地一聲，我拳頭的正面，齊齊整整地擊在「靈魂」的面門之上，「靈魂」的身子向後跌去，我迅速地跳了起來。

我身形躍起，是想先將「靈魂」制住了再說，在目前的情形下，必須擒賊擒王，先將「靈魂」制住了，才能謀脱身之道。

但是，我低估了圍在我身邊那幾個人的力量了！

就在我身子躍起的那一剎間，「砰砰」兩聲響，背上已重重地中了兩掌。發出那兩掌的人，一定是武術高手，因為那兩掌的力道是如此之大，以致令我猛地向前跌出去，還未落地，眼前金星亂迸間，左腰也已吃了一拳！

我飛起一腳，向左踢出。

那一腳踢中了那人的什麼地方，我不知道，只聽到了一下十分難聽的骨裂聲。

緊接着，我的身子向下倒去，在地上一個翻滾，我的頭頂又中了一腳，那一腳力道之重，令得我視力幾乎消失！

但是我還是勉力跳起，依稀看到面前有一條人影，猛地向前撲過去，雙拳齊揮，那兩拳的力道極猛，我只覺得左拳是擊在硬物上，右拳則陷進了那柔軟的肉中。

接着，我被一種極大的撞擊力量弄得旋轉，轉了不止一下，在那幾秒鐘之中，如同陀螺一樣地轉動。

在身子急速地轉動時，絕無能力反擊，背部和頭部，又受到了重重的幾擊。

在我多年來的冒險生涯之中，還未曾遇到過那麼強的對手，這幾個「靈魂」的護衛，毫無疑問全是一等一的高手！

我雖然被打得天旋地轉，但是我還可以感覺到，向我進攻的人，在施用着各種各樣的武術——傳統的中國武術。

當我身子的旋轉稍為慢了下來之際，在我面前，突然有雙足飛蹴而至，正踢在我的胸口之上，令得我又向後仰跌了出去。

當我的後腦重重地撞在地上之際，若不是我自小就接受中國武術訓練，那。

我一定早已昏死過去了，然而即使如此，我也昏了半分鐘之久。

我聽得「靈魂」用一種異樣的聲音叫道：「別打了，要活的！」

另一個道：「首長，他昏過去了！」

「靈魂」的聲音聽來異樣，使我幾乎要睜開眼來看看，那一拳究竟擊中了什麼地方，造成了什麼樣的結果，以致他講話的聲音也變了。

但是我卻沒有那麼做，我仍然閉着眼睛。

既不能力敵，就必須用一些智謀，假裝昏過去，再出其不意攻擊！

「靈魂」卻立時道：「別太高興，這人出名的狡猾，他假裝昏過去。」

在「靈魂」的那句話之後，我立時覺出，有一腳向我的臉上踏來。

那隻腳踏住了我的鼻子，搓來搓去，同時，我聽得他道：「首長，你放心，他如果是假裝昏去，我們可以令他真昏迷，如果他是真的昏迷，我們可以令他醒過來！」

說着踏下來的力道加重了！

這令得我實在無法再裝作昏迷了！試想，當你的鼻子被人重重地踏着，而且還在不斷地搓動之際，如何還能躺着一動都不動呢！

我緩緩地吸了一口氣，盡量地再忍受了幾秒鐘那種難以形容的痛苦。然後，我雙手突然抓住了那隻腳，猛地扭了一下。

隨着我雙手的扭動，我聽得「卡」地一下骨斷之聲，那種聲音聽在我的耳中，使我生出了一股莫名的快感，精神也為之一振，猛地一躍而起！

別以為我雙手已鬆開了那隻腳，我不曾！

在我身子躍起之際，那人帶着一聲異樣的慘嚎聲，向下倒去。

而不等他的身子落地，我已掄着他，旋轉着，打橫掃了出去。

在那時候，我仍然眼前金星亂迸，情形不怎麼好，但是卻可以覺出，在將那人橫掄而出之際，至少撞倒了三個人。

然後，我雙手突然一鬆。

由於我掄起那人的時候，用的力道實在太猛，是以我雙手一鬆之後，由於離心力的作用，那人的身子，「颼」地向前直飛了出去。

我的身子搖搖擺擺，轉了過來，我竟意外地發現，我的身前沒有敵人，站在我前面的只是一個矮小的身形，那是「靈魂」。

在「靈魂」的臉上，滿是血迹，這令我要開心得尖聲大笑！

但是，他的手中所握着的那柄手槍，卻又令我笑不出來，那柄大型的德國製軍用手槍，和他矮小的身形，顯得十分不相稱。

他繼續用那種像重傷風也似的聲音道：「我對你感到討厭，如果你打不死，那麼，可以試試這柄手槍的威力！」

他的話，反令得我的神智清醒了不少。

我轉動着眼睛，四面看着，四個人躺在附近呻吟，還有一個人，則在十碼開外處躺着，發不出呻吟聲。

我當然不想試一試那柄手槍的威力，因為我知道在如此近距離，他手中的槍射中了我之後，我的身子會起什麼樣的變化。

是以，我站立着不動，我只是道：「打鬥是你先發動的！」

「靈魂」沉聲道：「轉過身去！」

我沒有辦法不依從，我只得轉過身去，「靈魂」又向他的護衛咆哮起來：

「起來！起來！飯桶，五個也對付不了一個！」

在地上的四個人，掙扎着，苦着臉，有兩個人站了起來，還有兩個當然是斷了骨，他們只能像狗一樣地在地上爬動着。

而在遠處的那一個，根本生死不明，連動也未曾動一下，「靈魂」憤怒地道：「走！」

我向前走着，盡量使自己的樣子輕鬆：「將我押回那間『貿易公司』去？或者，可以將我再轉押到別的地方去，車子經過市區之際，我大聲叫，你怎樣？」

「靈魂」刻薄地道：「謝謝你提醒我，放心，你會在行李箱中。」

我立時道：「我一樣可以弄出聲響來引人注意，當人發現你公然從事非法活動，你的聲譽將受到影響，許多在等待機會的敵人，將會在主席面前攻擊你，你的政治生涯，也就完了。」

我竭力想用言語來打動他，但是他卻全然不聽。

我們已來到了車子之旁，他吩咐道：「打開行李蓋，鑽進去！」

我無法不照做，在我進了行李箱之後，他「砰」地一聲，合上了箱蓋，我在行李箱中縮着身子，我當然能夠用拳頭敲着行李箱蓋，發出巨大的聲響。「靈魂」似乎並不在乎這一點，車子已在開動了。

然後，我聞到了一股濃烈的麻醉氣體的味道。

我明白為什麼「靈魂」不怕我弄出聲響來了，他在車廂之內，可以通過特殊的裝置，向行李箱施放麻醉氣體！

我已然有昏眩之感，在半分鐘之內，我就要昏過去！

在這僅餘的半分鐘內，我該做些什麼？

我立即想到了那本小本子，取了出來，在黑暗中摸索着，當我感到我把它塞進了一條隙縫中時，已然半昏迷了！

接着，我全然昏迷過去。

又接着，過了不知多久，我的眼前開始看到許多紅色和綠色的圓圈在晃動，口渴之極。

我大聲地叫道：「水！水！」

可是事實上，卻一點聲音也發不出來。

我像是拚命在澳洲的中央沙漠中掙扎，爬在灼熱的沙粒上。頭頂是該死的太陽，我舐着焦枯了的嘴唇，我狂叫着：「水！水！」

終於，我能發出聲音來了，我聽到了我自己叫出來的聲音：「水！」

於是，有一些極酸的汁液，流進了我的口中，那種液汁酸得如此不堪，大概是純的檸檬汁，令得我的身子，猛地震動，這自然也令得我清醒了不少，我一欠身，坐了起來。

同時，我睜大了眼，也可以看到我眼前的情形了。

我在一間房間中，那房間並不大，但佈置得十分神秘，光線黯淡，有一套沙發，我躺在其中的一張長沙發上，當我站了起來之後，我雙足踏在柔軟的、暗綠色的地氈上。

所有的窗子，全掛着暗綠色的簾子，在我的對面，坐着兩個人。

我轉頭向門口望去，門旁，一個人站着。

這三個人都不說話，而其中的一個人，手中拿着一隻杯子，是空的，杯中的檸檬汁，大約已灌進我的口中，我搖了搖頭，使得自己更清醒些，然後，我一伸手，拿起我前面的一杯水，一口氣喝了個乾。

我用手背抹了抹口，站了起來，大聲道：「這裏是什麼地方？」

隨着我的咆哮聲，門打開，「靈魂」滿面怒容地走進來，我「哼」地一聲：「你想怎樣？你要奧斯教授替你做事，對付我，又有什麼用？」

「靈魂」並不回答，他只是向門外招了招手，一個瘦得十分異樣的人，頭上紮着一幅黑巾，他的臉和骷髏一樣，給人以十分神秘的感覺。

而在那人一進來之後，「靈魂」向後退了一步，向我指了一指，另外三人，也一起退了開去，他們的手中都握着槍，對準着我。

我冷笑道：「好了，又玩什麼把戲？」

「靈魂」冷笑道：「這位先生要你把左臂的衣袖捲起來。」

我呆了一呆：「做什麼，打防疫針麼？看來他是一個蹩腳醫生。」

我故作鎮定，才這樣講，但是「靈魂」卻一本正經地道：「你錯了，他是全世界最好的醫生之一，他的醫理，任何人都不明白。」

我再向那人看了一眼，哈哈大笑了起來：「他是一個巫醫？」

「靈魂」道：「可以說是。」

我突然跳了起來，我跳到了一張沙發之上，使我的身子猛地一彈，本來我在那一彈之後，是可以又向「靈魂」撲了過去的。

但是，我剛一跳起來，「砰砰砰」三下響，那三人都立即扳動了槍機。

三顆子彈都在我的身邊掠過，其中的一顆，由於離得我實在太近了，就在我的頸旁掠過，以致我的頭髮，也焦了一片。

這三顆子彈之所以未曾命中，當然不是由於那三名槍手的技術差。那三名槍手拔槍之快，射擊姿勢之美妙，在在都表示出他們是第一流的神槍手，而他們之所以未曾命中，當然只是存心警告。

我站在沙發上，不敢再動。

「靈魂」嘲笑地道：「快下來，將你左手的衣袖捲起來，我們大可以在你昏迷的時候，將你綁起來，但我們沒有那樣做，那是尊重你，希望你也懂得尊重自己！」

給他那麼一說，我倒不好意思再怎樣了。但是我還是瞪着眼道：「那個巫醫，他想在我身上，玩些什麼把戲？」

「靈魂」道：「不會死的，不必害怕。」

我悶哼了一聲，這個神秘的巫醫，能令任何人都感到心底下生出一股寒意。

我自沙發上跳了下來，只見那巫醫一直放在身後的左手，移到了身前，他手中握的是一隻藍底白花的布包裹。

他將那布包裹放在桌上，解開來。

布包裹裏面是一隻竹盒子，那竹盒子以極細極細的竹絲編成，盒身通紅，可見已然年代久遠。竹盒上還有許多圖案編織着，但由於竹盒實在太陳舊了，看不清楚。

一看到那隻竹盒，不禁喚起了我一段很久之前的回憶，那是我在一個極其神秘的區域中度過的一段日子，這個區域中的一切，都神秘而不可思議，那便是中國大陸雲貴兩省中的苗區。

第五部

限期三天尋出教授

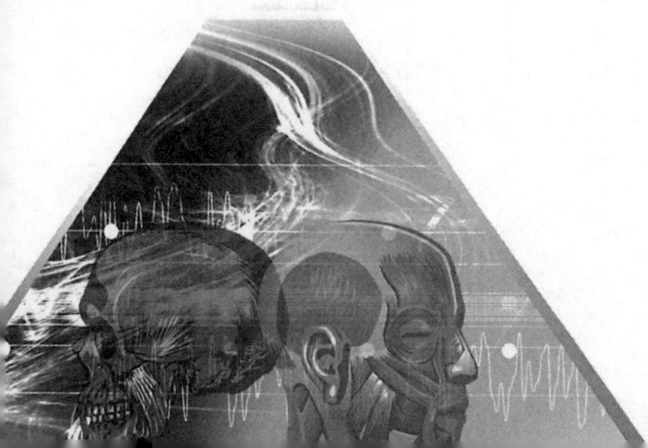

那竹盒是苗區的手工藝品，那個瘦得出奇的人，這時，我也知道了他的身分！

他是一個蠱師！

那是苗區中具有無上權威的人物，因為他操縱着所有人的生死，而且，他可以要你什麼時候死，你就得什麼時候死！

那絕不是「神話」，而是實實在在的事實。從中國苗區傳出去的蠱術，一直流傳在泰國、緬甸、馬來亞等地，在那一帶，蠱術被稱為「降頭術」。

當我在苗區生活的時候，我曾和兩個最著名的蠱師，成為極好的朋友，而我到苗區去，也是為了一件極奇異而不可思議的事。

當我在苗區的時候，我還意外地見過一個細菌學家在那裏研究「蠱術」。他的研究，已有了一定的眉目。

我望着那蠱師，不等他打開那隻盒子來，我就對他講了一句話。

那句苗話，當然不是「靈魂」所能聽得懂的。

然而我所料的卻一點也沒有錯，那奇異的人，睜大了眼睛，現出十分奇怪的神色來，望定了我。

其實，我問他的話，翻譯過來，是十分普通的，我只是問他：「你認識繫金帶的桃版麼？」

這句話，需要解釋一下，「桃版」，是一個人的名字，「繫金帶的」，則表示這個人的身分，只有最老資格的「蠱師」，才能在腰際繫上金色的帶子。別以為那僅是一種普通的帶子，那條金色的帶子，製作過程極其繁雜，通常要手藝精巧的苗女七八人，工作近一年之久。

而佩上了這條金帶，也表示這人在苗區之中的無上權威！

當我問出了這句話的時候，「靈魂」因為聽不懂我在講什麼，而瞪了我一眼。

但是在我面前的那個蠱師，卻突然震動了起來，他手按在那竹盒上，猛地抬起頭來，望定了我之後，好一會，才以同樣的苗語問我：「你認識桃版麼？」

「靈魂」仍是聽不懂這句話的，但是他卻有足夠的機靈，知道我們兩人正在交談，是以他咆哮：「你們在講些什麼？」

那蠱師轉過頭去，指着我，十分惶恐地道：「他認識桃版，他認識桃版！」

「靈魂」不耐煩道：「桃版是什麼人？」

那蠱師十分發怒，但是他顯然不願使怒意發作，是以他只是在眼中閃着憤怒的火花：「桃版是我的父親，是最偉大的人。」

「靈魂」叫道：「胡說，最偉大的人，是主席，只有他才最偉大！」

那蠱師一副敢怒而不敢言的神態，但從剛才的話中，我已知道了他的身分，原來是桃版的兒子！

我們兩人的交談，使得「靈魂」怒不可遏，他陡地走過來，竟然伸出手來，「拍」地一聲，在那蠱師的臉上，重重摑了一掌！

隨着那「拍」的一下掌聲，房間之中突然靜了下來，靜得只聽得到我們幾人的呼吸聲。

「靈魂」對於這種突如其來的沉寂顯然也感到十分意外，他在兩分鐘之後，又道：「為什麼你們不出聲了？為什麼？」

那蠱師沒有出聲，我則緩緩地道：「你既然懂得利用蠱師，那麼你總該明白，永遠別得罪一個蠱師，而且，永遠別讓他們的手碰到你的身子，你的手，也不可觸及他們的身子！」

「靈魂」的面色，變得十分青白：「別恐嚇我！」

我鎮定地道：「我並沒有恐嚇你，但是你在開始害怕！」

他連忙翻起右掌心來，仔細地看着，面上現出十分猶豫的神色，直到那個蠱師冷冷地講了一句話，他才如獲重生。

那蠱師道：「你不必害怕，我沒有下蠱。」

「靈魂」鬆了一口氣，但是那蠱師又指着我道：「可是，我也不能對他下蠱，他曾經是我的父親、偉大的桃版的救命恩人。」

「靈魂」怒不可遏：「你違反命令？你應該知道結果怎樣！」

蠱師面色鐵青，冷冷地道：「我知道！」

「靈魂」揚起手來，又待向那蠱師摑去，但是才揚到了一半，便忙不迭地縮了回來。

我揚了揚手：「你不必發怒，本來你想叫他來害我，是不是？」

「不是害你，是給你一個期限，叫你去做一件事！」

「不必了，我這個人，用刀架在脖子上，叫我去做事，我也不肯，現在，我們談一樁交易，答應我的條件，就替你去做事，好不好？」

「靈魂」考慮了半晌，才道：「好，條件是什麼？」

我向那蠱師一指：「讓他自由，別再管他的行動，並且保證你的手下，不再去騷擾他。」

「靈魂」呆了一呆：「那不行，他是我們這裏最有用的人，每當我們有重要的任務，要派人出去，而又怕派出去的人投奔敵對陣營，他就有用了。」

我道：「可是，我卻又怕他留在你那裏，並不安全。」

「靈魂」道：「你放心，他安全，而且，他自己也必然願意留在我這裏的，京版，是不是？」

那蠱師向我慘然一笑，然後又點頭道：「是！」

從這種情形來看，「靈魂」顯然控制着他，而他似乎也有説不出的苦衷。我還未曾再追問下去，「靈魂」已然道：「而且，在他而言，他還一定希望你能夠真誠地和我們合作。」

我略想了一想，道：「你原來想要我做什麼？」

「三天，三天的期限，替我找教授來。」

「三天！」我叫了起來：「你瘋了，教授落在什麼人的手中都不知道，一點線索也沒有，我一個人，怎能在三天之內找到他？」

「不是你一個人，我的組織將予你全力支持。」

「那也不中用，你肯將你的組織的指揮權移交我也不行，如果行的話，你自己不會去找麼？」我連續地加以拒絕。

「靈魂」嘆了一聲：「時間不夠了，三天已是極限，而且，找到了奧斯教授之後，沒有時間勸服他，只好強迫他去做！」

我疾聲問道：「究竟是做什麼事？」

「靈魂」衝口而出道：「主席——」

他只講了兩個字，便突然住口。

他雖然只講了兩個字，但這算是我捲入這件事以來最大收穫，因為我知道這件事，竟和A區的這個大獨裁者有關。

本來，我早是應該想到這一點的！

若不是事情和這個「偉大的」獨裁者有關，那麼，「靈魂」又怎會親自出馬？

那麼，發生在這個「大獨裁者」的身上的，又是什麼樣的麻煩呢？

我立時毫不留情地恥笑他：「原來是你們的主席有了麻煩？你們的主席，據你們的宣傳，無所不能，是當今世界上最偉大的人物，甚至是全人類的救星，為什麼他有了麻煩，自己不能解決？」

「靈魂」的面色，十分難看：「太肆無忌憚了，你要小心！」

我冷笑：「對，我要小心，我要小心地使我不和你們發生任何關係！」

「靈魂」冷冷地：「現在，答應三天之內找教授回來！」

我將雙臂疊放在胸前：「我可以答應你盡力而為，但是我絕不受人驅使，除非讓我知道事情真相，使我明白是不是值得去做這件事。」

我以為，「靈魂」剛才既然說得如此之迫切，那麼在如今這樣的情形之下，他一定肯將實情向我講的！

只是我料錯了。

「靈魂」斬釘截鐵地道：「不能，絕不能！」

我的心中一凜，若不是機密到了極點，他怎會這樣？

然而，事情愈是秘密，我想知道的好奇心也愈甚。

我冷笑道：「你大可不必如此故作神秘，你已將事情對奧斯講起過，如今他已落在另一幫人的手中，他會泄露！」

「靈魂」搓着手：「泄露也不要緊，他只是知道一些梗概，而不是事情的全部。」

我立即道：「他只知道事情的一些大概，便寧可不要五百萬美金，由此可知你要他去做的事，如何卑鄙！」

我故意這樣說，希望在盛怒之下的「靈魂」，多少會露出一點口風。

「靈魂」卻並沒有發怒，他只是嘆了一聲：「我也想不到為什麼奧斯教授不肯這樣做？為什麼？他又不是基督徒，相信所有生命——尤其是人，全是上帝所造，不應該用人力改變。」

我心中陡地一動，奧斯教授是一個著名的生物學家和外科手術專家，而如今「靈魂」又這樣講，那麼，難道是要奧斯教授去進行一項手術？

一想到了這一點，等於在一團雜亂無章的線團中，找到了一個頭。

雖然，要將那個「線團」予以整理，使得它完全通順，還不是一件容易的事，但是我至少可以執着那個線頭，來進行思索。

我想起了「靈魂」急迫和有異於常的神態，由於他是「靈魂」，因此我的注意力，又自然而然地落在他的主席的身上。

A區的主席已有三個多月未曾公開露面，世界各地，都在對這件事進行着各種各樣的揣測，有一些「觀察家」，甚至已肯定地說，這個野心勃勃的大獨裁者，其實早已死了，只不過為了避免引起極度的混亂，是以死訊隱秘不發。

那麼，「靈魂」親自出馬來找奧斯教授，而且，找得如此之急，是不是為了他的主席呢？

我呆了約有一分鐘，在那一分鐘之中，我一直逼視着「靈魂」，而「靈魂」也像是看透了我的心中所想的是怎麼一樣，顯得十分不安。

我趁他顯得十分不安之際，又展開了心理攻勢，冷笑道：「據我看來，只怕和教徒不教徒沒有怎麼關係，多半是你們那位主席的人格，不足以感召一個傑出的生物學家！」

「靈魂」的面色突變，他的臉色，變得如此之難看，那倒是我絕對意料不到的。他竟然一伸手，抓住了我胸前的衣服，他抓得如此之緊，以致令我也不免有些吃驚起來，我失聲道：「你做什麼？」

「靈魂」壓聲道：「你知道多少？你知道多少？」

我猛地在他的肩頭上一推，將他推開了：「你什麼都未曾講過，我知道了多少？」

「靈魂」吁了一口氣，面色漸漸地恢復了正常：「你只是猜想！你是聰明人，最好不要胡思亂想，我們的主席很好。」

他這最後一句話，和「此地無銀三百兩」，實在有着異曲同工之妙。

我點頭道：「那或者是我想錯了，請代我向貴主席問候，現在，我可以告辭了？」

「不能，你必須在三天之內幫我們找到奧斯。」

「那算什麼？」我不禁發起怒來：「你手下有上萬特務，卻硬要我來幫忙？」

「不錯，我手下的人很多，而且我們正在努力找他，但是我相信，如果他會和別人聯絡的話，那麼他一定會找你，因為你是他的朋友。」

「我絕不會為你們工作。」

「靈魂」沉思了半晌：「本來，京版如果肯下蠱的話，你一定肯答應。」

他講到這裏，忽然獰笑了起來：「我要告訴你，不答應，不論我遭到了何等樣的失敗，還是有足夠的力量，使你家破人亡！」

他那時的兇狠神情，令得我不寒而慄。

但是我還是硬着頭皮大聲道：「算是威嚇？」

「就算是吧，兄弟！」「靈魂」冷冷地道。

有人說這個權傾一時的「靈魂」，乃是小流氓出身，如今這句話聽來，當真有點小流氓的口吻！

我聽了這種流氓口吻的話，倒是不知該如何回答才好了，「靈魂」又道：「記得，三天，你只有三天！」

我還未曾回答，他就揮了揮手。

「靈魂」一揮手，那幾個大漢，便大聲叱喝了起來，將我趕了出去，我被趕出了房間，來到了走廊中，又被從樓梯上趕了下去。

我一連下了好幾層樓梯，才看清楚，原來我正是在我的進出口公司的那間大廈之中。

不消說，剛才我和「靈魂」見面的地方，一定是掛着「貿易公司」招牌的特務機構。

我盡力使自己定下神來，走進了我的公司，這時，正是中午休息的時間，公司中沒有什麼人，我進了我的辦公室。

脅。

我坐了下來，雙手捧住了頭，需要整理一下混亂的思緒。

但是，我發覺我自己竟然無法定下神來，我無法擺脫「靈魂」對我的威脅。

「靈魂」是如此龐大、嚴密的特務機構的負責人，他要鬧得我六宅不安，實在容易之極，如果在前幾年，我只是單身一個人的話，那麼，對於「靈魂」的威脅，我自然只是置之一笑。

但如今卻不同：一個有家室的人，沒有權利去任性胡來。

想來想去，當我發現自己竟已變得如此怕事之際，心中更十分不舒服，順手取過了一瓶酒來，喝了兩口。

就在我用手背去抹唇之際，電話鈴響了。

我拿起了電話，一個女性的聲音：「衛斯理先生？」

「是。」

「請你等一等，奧斯教授要和你講話。」

我的心狂跳了起來，「靈魂」的料事，竟如此之準，奧斯果然和我聯絡！

而奧斯與我聯絡，會打這個電話，道理也是很簡單，當我和他認識之際，我曾給他一張名片，名片上印的，就是這個電話！

我忙道：「奧斯，怎麼一回事？」

但是我卻並沒有立即得到回答，那當然是電話從一個人的手中交到另一個人手中之故。

接着，在幾秒鐘之後，我聽到了奧斯的聲音：「衛斯理，我的朋友，是你麼？」

「是我，你在哪裏，你可好麼？你——」

我提出一連串的問題，但是不等我講完，他便已打斷了我的話頭：「我很好，我在一心想保護我的自己人的地方。」

他講到這裏，略頓了一頓，才又道：「你可將他們中的幾個人打得慘了！」

我呆了一呆，一時之間，不明白他這樣講是什麼意思，我忙又問道：「教授，你說什麼？你不能自由說話？」

「不！不！」教授立時說道：「我在自己人處，你明白麼？他們為了避免使我被『靈魂』的手下綁架，所以先把我『綁』來了，現在我很好，我接受他們的保護，我真的很好，請你別替我擔心，他們找不到的。」

我知道奧斯教授的倔強脾氣，是以我也知道，沒有人可以強迫他這樣講。所以，可以得出一個結論，教授在另一個國家的情報人員手中，而這個國家正是和A區作對的，所以才使奧斯有了「自己人」的感覺。

我忙道：「那很好，我以為你落入歹徒手中——」我講到這裏，陡地想起，我在追逐車輛時，機槍手對我手下留情的事，是以我又道：「請你向當時向地上發射機槍的那位先生致謝，多謝他手下留情。」

奧斯笑了起來：「他們自然不會無緣無故地傷害人，而且，我還受到了委託。」

我道：「他們託你做什麼？」

「託我請你來見見面！」

我不禁苦笑了一下。

在這件事情中，我已然愈陷愈深了！

我還未曾擺脱「靈魂」的糾纏，而另一方面，又要「見見面」了。

我本來想拒絕，但是我卻又十分想和奧斯教授面談。

而且，在我略為考慮了一下之後，我還想到了一個最重要的因素，為我自己着想。

是以，思索了不過半分鐘左右，便道：「可以，如何見面？」

奧斯教授道：「請你等一等。」

接着，便是另一個聽來十分柔和的男子聲音：「駕車到市中心多層停車場的第四層，一個穿着紅黑相間直條服裝的人，會來接頭。」

「他認識我麼？」

「當然認識，我們已在國際警方方面，得到了你最詳細的資料！」

我笑道：「看來，我像是一隻吃得太飽，而飛不起的鵪鴣，最好的行獵目標！」

「千萬別那麼説，我們沒有惡意。」

「好吧。」我終於答應下來：「但是你們也必須提防一點，我才從『靈魂』那邊出來，他們必然對我進行極嚴密的監視和跟蹤。」

「這個……」那人沉吟了一下，才道：「衛先生，我想，你最好先擺脫了監視追蹤的人，然後才到我們約定的地方來，以你的能力而論，這自然絕對不困難。」

那傢伙的談話技巧十分高，他給我戴了一頂高帽子，使我想提出異議來，也在所不能。

我只得道：「好的，我看着辦好了，但是這樣的話，可能遲到。」

「不要緊，我們的人會等。」

這個電話到此結束，當我放下電話的時候，我心中暗忖，「靈魂」未曾預先安裝設備，偷聽我的電話，實在大大地失策。

要不然，他現在可以知道奧斯的下落了。

我抬起頭來，想起正在樓上急得團團亂轉的「靈魂」，不禁發出了幾下得意的笑聲來，我立時離開了自己的辦公室，向經理借了他的車匙，使用他的車子。

然後，我由樓梯落到了大廈底層的停車場，駛車離開。

市中心的多層停車場，離我的辦公室所在的大廈極近，步行至多五分鐘，我不斷地兜圈子，一直兜了近二十分鐘，才駛進了那停車場，由盤旋的車道上，一直駛上四樓，在一個空車位上，停了下來。

才停下，便聽到一根柱子旁，傳來「卡」地一聲響，我循聲看去，只見一個穿紅黑相間直條子上裝的人，正以背對着我，在用打火機燃點一根香煙。

我打開車門，走了出去。

那人轉過身，向我望了一眼，什麼也不說，便向外走去，那是一個樣子十分精明，三十上下的年輕人，我跟在他的後面，和他保持着一定的距離。一起進了升降機，等到升降機的門關上，開始下落之際，他才道：「久仰大名，衛先生。」

我們一起出了停車場，截了一輛街車，在一家戲院門口停下，買票進場，五分鐘之後，又從邊門離開了戲院。

然後，我們又上了另一輛街車，到了一幢十分精緻的小洋房之前。

我以為已經到了，誰知那人按鈴之後，一輛黑色的車子，自花園中駛了出來。

第六部

想到了驚人的內情

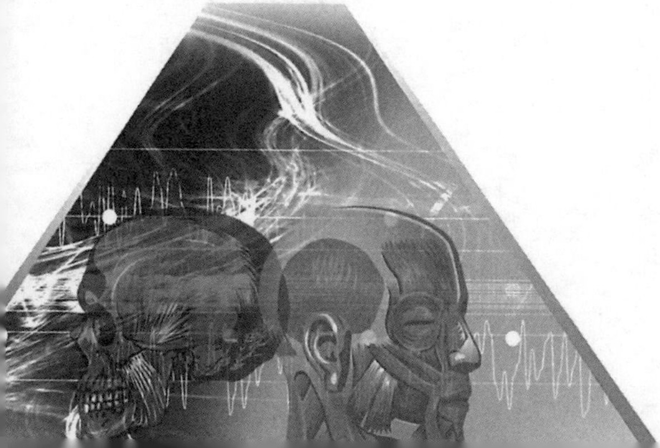

那車子停在門口，那人和我一起上去，這之後，又換了三輛車子，到了一條十分冷僻的街道，那人帶着我，走上了一幢房子的二樓，敲了半分鐘門，一個老婦人來開門。

那人自上衣袋中取出證件，那老婦人用一支小型的電筒，在證件上照了一照，那證件上發出一陣青濛濛的光華。

然後，她才讓開了身子，讓那人和我進去。

裏面是一間不很大的客廳，陳設也十分簡單，就和普通的家庭一樣。

我在一張沙發上坐定，只見幾間房門，全都打開，奧斯教授高大的身形，一馬當先，向我衝了過來，他「哈哈」地笑着，緊緊地握着我的手。

在他身後的，則是五六個身形魁梧的人。

最後出來一個身形瘦削的中年人，他穿着一身十分挺括的西服，他來到我的面前，伸出手來：「我是平東上校。」

我和他握手：「很高興看到你。」

平東上校坐了下來，伸着長腿：「衛先生，我的幾個部下，給你打得至少要在醫院中休息兩個星期。」

我攤了攤手：「十分抱歉，但在當時的情形下，我無法知道是朋友還是敵人。」

平東上校道：「這不必再討論了，你曾和『靈魂』會面，你們討論些什麼？」

我道：「他威脅我，若不能在三天之內找到奧斯教授，他就要使我六宅不安，家破人亡。」

平東上校沉思了一會，又問道：「那麼，他可曾向你提起究竟是要教授去做什麼？」

我不禁覺得十分奇怪：「你們應該知道，教授，他說曾對你說過。」

奧斯教授道：「但是我卻不明白他是什麼意思。」

我進一步問道：「他要你做什麼？」

「他們第一次和我接頭的時候，只是要我去製造一頭雙頭狗。」奧斯來回地踱着。

「第二次呢？」

「第二次，他們說，狗頭既然可以移植，那麼，人頭自然也可以移植，他們問我的意見如何，我說，在理論上來說，可以成立。」

聽了教授的話，令人的心中起了一陣極其奇異的感覺，所有的人都有一種十分難以形容的神情，我相信我自己的臉上，一定也有着那種怪異神情。因為教授所講的一切，超乎自然，如果人頭移植的話，那麼將出現什麼樣的情形呢？一個雙頭人？還是一個三頭人？

我又自然而然地想起教授實驗室中那隻剩下一隻頭的猴子來。突然又起了一陣噁心之感！

教授繼續着：「第三次，我想這一次他們所說的，才是真正目的，他們問，將兩個人的頭互換，是不是有這個可能。」

我和平東上校互望了一眼。

我們的心中，充滿了疑惑，如果說，「靈魂」要奧斯教授去，把兩個人換一個頭，這件事的本身，有什麼意義呢？

難道說他們想因為這種「成就」而展開一項宣傳？

但是，照「靈魂」急切的形狀來看，卻又顯然另有目的！

這目的是——

我想到了這裏，心中突然一亮，人也陡地站起，由於我在那一剎間想到的事，實在太駭人聽聞，我的手按在桌上，身子在不住地發着抖，以致令得桌子也抖動了起來，而放在桌上的杯子，也因之相碰而發出了「得得」聲。

那種突如其來、駭然欲絕的神態，令得奧斯教授和平東上校兩人，都嚇了老大一跳，他們齊聲問道：「怎麼了？」

我竭力想使自己鎮定下來，老實說，我絕不會因為驚恐而變得失常。但這時，我愈是要使自己不要發抖，卻更抖得厲害。

由於我抖得這樣厲害，以致平東上校竟走了過來，雙手用力按住我的肩頭，想使我停止不抖。

但是這種顫抖，是按不住的，平東上校駭然道：「你這是什麼病？」

我一面抖，一面搖頭道：「沒……沒有，我是……想到他們……他們要教授做什麼了！」

在講出了這一句話之後，我反而鎮定了下來，我吸了一口氣，問道：「上校，你們一直將A區當作假想敵人，是不是？」

平東上校點了點頭。

我忽然問起這樣一個問題來，一定使他覺得十分奇怪，是以他用奇異的目光望着我。

我再吸了一口氣，又道：「那A區的主席，近三個月來，未曾在公開場合露面，你們可有他行蹤的情報？」

平東上校的臉上神色更奇怪了，他來回踱了幾步：「你怎麼忽然問起這個問題來了？」

「請你回答我！」

平東上校嘆了一口氣：「早在兩個月前，我們便已接到了訓令，要不惜一切代價，用一切方法，來獲知那位大獨裁者的下落，然而慚愧得很，至今為止，我們已然犧牲了不少幹練的情報人員，但仍然一點消息也沒有，他像是突然消失了！」

平東上校講到這裏，略頓了一頓：「有一些專家，甚至以為他其實已然逝世了。」

「不！」我肯定地回答：「這位大獨裁者沒有死，但是他一定有着極度的麻煩，這個麻煩，只有奧斯教授，才能解決。」

平東上校和奧斯教授兩個人，面色突變，他們的身子，也在漸漸地發起抖來。他們齊聲叫道：「你……你瘋了？」

我搖頭，表示不是瘋。

但是他們兩人也搖着頭，表示我一定瘋了。

我可以了解他們兩人的心情，他們已完全聽懂了我的話，知道「靈魂」要奧斯教授去做怎麼了。

「靈魂」要奧斯去「進行一項手術」，一點也不錯，但是那手術卻使人心驚肉跳，而且，手術對象是一個世界上握有最瘋狂的強權的人。

老實說，我、平東和奧斯，只是三個普通人，實在無法不想起來就發抖！

好一會，我們才停止了那種看來可笑的搖頭的動作，我沉聲道：「你們以為，如果不是那位大獨裁者有了怎麼麻煩的話，『靈魂』會親自出馬麼？」

平東上校結結巴巴：「那麼……那麼……」

他並不能講下去，他雖然是一個極之幹練的情報人員，但是在如今這樣的情形下，他也不知說什麼才好！

我又道：「而且，『靈魂』對我表示過十分悲觀，他說，他將保證奧斯的安全，除非他已沒有力量來維持教授的安全！」

「他暗示會失勢？」平東駭然問。

「是的，他是主席的靈魂，如果那位主席死了，『靈魂』自然也無所依據，大批政敵將群起而攻。」

「那麼，這位大獨裁者在生病？」上校問。

「當然是，」我向教授一指：「你的意見如何？」

奧斯教授來回地走着：「我是一個科學家，不是情報員，我只是依據事實來判斷一切，而不作憑空設想。」

我們三人都不出聲，感到這件事情的極度嚴重性。究竟沉默了多久，連我們自己也覺得茫然，而在這一段時間中，心頭沉重，難以形容。

平東上校最早開口：「這是一個極其重要的情報，我必須先向總部報告，你們兩人，在這裏等我。」

他一面說，一面便向外走去。

我卻連忙攔住了他：「慢一慢，請恕我問一句：你準備如何向總部報告？」

平東上校道：「很簡單：A區主席的健康發生極嚴重的問題，他的生命可能在幾天之內完結，A區的特務正在盡一切可能，要著名的奧斯教授去挽救他的性命，但奧斯教授正在我方人員嚴密的保護中。」

我點了點頭：「這樣的報告是合情合理的，我想，你絕不必提起……換頭的事。」

平東上校搖頭道：「當然不會，正如剛才教授所說的那樣，我雖然是一個情報人員，但是我還……不是一個幻想小說家。」

我苦笑了一下，平東上校匆匆走了出去。

在旁門被關上之後，奧斯顯得十分之不安，他來回踱着：「我要被嚴密保護到什麼時候為止？」

「不會太久的，『靈魂』曾表示事情十分緊急，最多四五天，我想就可以聽到A區主席的死訊了。」我安慰着他。

可是奧斯教授卻顯然不曾接受我的安慰，他緊皺着那兩條濃眉，仍然來回踱着，過了約莫兩分鐘，他停了下來：「衛斯理，你應該知道，我是醫生。」

「我當然知道，你是世界上最有成就的醫生之一，你那樣提醒我，是什麼意思？」

「醫生的責任是救人，是盡一切可能將一個垂危的人從死亡的邊緣挽救過來，至於那個人是什麼人，這不在醫生的考慮範圍之內。」

「你是說——」

但奧斯打斷了我的話頭：「學醫的時候，一個頑皮的同學，向一位老教授提出了一個問題：如果一個在幾天之後就要被執行死刑的囚犯，患了重病，是不是要替他悉心醫治？如果醫好了他，將一個健康的人送上斷頭台，這是不是諷刺？老教授的回答很簡單：『只要他有病，而你又能醫治他，那你就不能忘記你是一個醫生！』」

我感到十分詫異，我道：「教授，你的意思是說，站在醫生的立場而言，你是應該接受『靈魂』的邀請，去挽救那大獨裁者的性命？」

奧斯嘆了一聲：「如果全世界真的只有我一個人能夠挽救他，那我有這責任的。」

我尖聲叫了起來：「你瘋了，你忘記了他是一個獨裁者，他曾殺過千千萬萬的人，如果他不死，他還會繼續屠殺下去！」

「是的，但是你又怎可以知道他死了之後，他的繼承者會比他仁慈？」

奧斯這一句話，我無法回答，因為我們全是凡人，無法知道未來的事。

我忙道：「教授，別胡思亂想了。」

奧斯教授苦笑着，坐了下來。

從他的情形看來，我的話顯然未曾發生作用，因為他正在「胡思亂想」！

我感到事情十分不妙，因為如果奧斯認為他有責任去救人，那麼，他就真的可能自願去替「靈魂」服務。

而他如果自願前去的話，儘管平東上校不願意，只怕他也沒有辦法強行扣留這樣一個著名的學者！

當我想到這裏的時候，我不由自主，向他慢慢地走近去，我心中在想，為了不讓他繼續想下去，我一拳將他擊昏，倒是一個好辦法。

我來到了他的身邊，已經揚起拳頭來了。

可是，也就在此際，我聽得門外，突然傳來了幾下重物墮地的聲音，我陡然一呆，心知有什麼不尋常的事發生了，我連忙跳到了門旁，迅速地將門打開了一道縫，向外看去。

只向外看了一眼，便整個人都僵住了。

只見外面已然塞滿了穿黑色西服的人，一望便知，全是「靈魂」的部下。

而地上躺着的，則全是平東上校的手下，他們有的已經昏了過去，有的正被人家壓着。

而平東上校被兩個人推進來，跟在後面的，正是「靈魂」。顯而易見，「靈魂」已經率領着大量部下，以壓倒性的力量，和迅雷不及掩耳的方法，將這個情報機構完全佔領了！

我在乍一看到這種情形時，實在不知道這一切究竟是如何發生的。

但是我立即就明白了，帶「靈魂」來到這裏的不是別人，就是我！

我當然是在不知不覺間帶他來到這裏的，他一定趁我不覺之際，在我的身上放下了無線電波接收儀，就可以正確地知道我的所在！

我竟粗心大意到這一地步！

本來這事和我一點關係也沒有，即使是「靈魂」曾如此窮兇極惡地威脅過我，我也不準備理會這件事。

但是如今「靈魂」竟通過我而到了這裏，那實在使我不能忍受！

我聽得「靈魂」在大聲呼喝：「搜查每一間房間，保持行動小心！」

我也在那時間上了門，拉過了一張椅子，將門頂住，奧斯問道：「發生了什麼事？」

我沉聲道：「『靈魂』來了。」

奧斯一呆，但是他立即道：「我去見他！」

他一面說，一面向前，走出了一步，也就在他向前走出一步之際，我的拳已然重重地向他的左頰之上，擊了出去！

奧斯教授的身子雖然高大壯實，但是也當不起我這一擊，他身子一晃，倒了下去，我立時將他的身子扶住，在他的後腦上，又補了一拳。

然後，我急速地拖着他，來到了窗口。

那時，已然聽到撞門聲了！

我必須將奧斯教授藏了起來，不給他們找到，但是這間房，總共才那麼大，怎可能藏得下奧斯教授？

我將奧斯拖到了窗邊，想將他自窗口塞出去，我打開了窗，將奧斯舉了起來，他至少有一百六十磅重，我將他的身子塞出了窗口。

然後，抽下他的領帶，再加上我自己的一條，在他的脅下穿過，將他掛在窗外。

這當然是權宜之計，但在這時，也沒有別的辦法可想。

我希望他沒有那麼快醒，如果他一下醒過來的話，那麼他必然掙扎的，而一掙扎，他非自三樓跌下去不可。

當我轉過身來時，房門已然岌岌可危，我一步跨到了房門旁，「嘩啦」一聲，門已倒下，一個人衝了進來。

那人才一衝進來，我的右肘，便已重重地敲在他的頭上，同時，我的右膝抬起，撞在他的胸口，那人向後倒了下去，撞到了另外兩個人。

門口空了出來，我整了整衣領，若無其事地走了出去，向「靈魂」一揚手：「你好。」

「靈魂」瞪了我一眼，立時搶進了房中，他向房內看了一眼，便轉過頭來，怒道：「奧斯呢？」

「奧斯？」我裝出一副令他發怒的神情來，反問道：「什麼奧斯？」

「靈魂」像是旋風也似地衝到了我面前，我連忙伸出手來：「若是你想動手，那你一定要吃眼前虧！」

他對我怒目而視，然後厲聲喝道：「找，你們快去找，將奧斯找出來。」

他的手下，有好幾個人散了開去，我笑道：「為什麼你肯定奧斯在這裏？」

「你在這裏，他自然也在！」

我「哈哈」笑道：「那麼，你將我擄去，不也就等於擄到了奧斯？」

「靈魂」怒極，突然抬腳向我踢來。

我早已警告過他的，那是他自取其咎，我一伸手，便抓住了他的腳踝。他的身子自然站立不穩，向後倒下去，但是我的另一隻手，卻又執住了他的衣領。他本是一個身材異常矮小的人，我可以毫不費力的將他提起來。但這時我卻不將他的身子舉起來，因為一將他的身子舉起來，便不能藉他掩護。

我將他拉得接近我，然後退到牆前，那樣，前後都有掩蔽，就不怕人攻擊。

我大聲道：「『靈魂』，命令你的手下迅速撤退。」

「靈魂」一面在作無補於事的掙扎，一面壓聲道：「找不到奧斯，我不會離去！」

「奧斯根本不在這裏，連我也找不到他，何況是你？」我這樣騙他。

然而「靈魂」卻不是被人三言兩語騙得過的人，他連聲冷笑：「衛斯理，你抓住我沒有用，我死也要找到奧斯！你們快去找，一定就在那間房間之中！衛斯理將他藏起來了，你們圍在我的面前看我做什麼，沒見過我發怒？」

由於我制住了「靈魂」，是以有七八條大漢，惡狠狠地圍在面前，想伺機而動，但是「靈魂」卻向他們咆哮着，要他們去繼續尋找！

其中一個人遲疑道：「我們找過那間房間了。」

「再找！」「靈魂」怒吼着。

三四個人又閃身進了那間房間，這時，輪到我發急了。

我將奧斯教授吊在窗外，絕對經不起搜查。

我之所以要將「靈魂」制住，也正是為了想分散搜查者的注意力，但是「靈魂」卻像是瘋了一樣，儘管他已被我制住，卻一點也不理，仍然命他的部下繼續搜查！

我連忙道：「『靈魂』，如果你的態度不是那麼惡劣，那麼我或許會在三天之內，帶你找到奧斯。」

「靈魂」怪笑了起來：「你在討饒了，心中發虛了？教授一定是在這裏——」

他的話還未曾講完，我已聽得那房間中，傳出了好幾個人的叫聲：「找到了，找到了，他被吊在窗外，昏迷不醒！」

我抬頭向平東上校看了一眼。

平東上校的背後有兩柄槍指，本來還一直神色自若，直到這時，臉上才變了色。

我臉色一定也變得難看之極，我該怎麼辦呢？雖然制住了「靈魂」，但一點用也沒有。

如果「靈魂」十分害怕、膽小，唯恐我會加害他，那麼我制住了他，就有用，可是他如此強悍！

當他聽得已找到了奧斯教授，居然發出了一聲歡呼！

那種情形，當然令得我和平東上校兩人極其沮喪。

但是，我卻還有最後一張王牌。

我雙手一鬆，「靈魂」一直在用力掙扎，是以我一鬆手之後，他便向外跌出了一步，但是他卻立即站定。

他向我做了一個咬牙切齒、窮兇極惡的神情，但是即使在這樣的一個神情中，他也掩飾不住他心中的高興，他狠狠地道：「我成功了！」我將我那張最後的王牌打出來：我冷冷地道：「你失敗了，奧斯是在被綁架強迫的情形下，他能做什麼？」

這張「王牌」果然有效，「靈魂」的臉色突然間變得蒼白。

他陡地向前跳來，但是又立即跳向後，尖聲問：「你知道了什麼？」

我雙手插在袋中，用一種毫不在乎的神態反問道：「你為什麼只問我一個人？」

「靈魂」的聲音更尖利：「你們，你們知道了什麼？」

他在問的時候，又望向平東上校。

我發現我已擊中了他的要害，於是我便「哈哈」大笑：「我們什麼都知道了，而且，上校已將我們知道的事報告了。」

「靈魂」的眼中，射出驚惶而又憤怒的神色，望定了我們。這時，奧斯教授已然被拖到了客廳中，放在沙發上，兩名大漢正在拍他的臉頰，令他醒轉。

「靈魂」望了我好一會，才突然又笑了起來：「不論你們報告了一些什麼，就算這報告被公開發表，不會有人相信。」

「可是你忘了一點，」我繼續向他進攻：「教授根本不會答應替你做這樣的事！」

「他會，他非做不可！」

這時，兩個人已將奧斯教授弄醒了，但是他的神智還未曾完全恢復，「靈魂」大聲叫道：「兩個人架着他，將他先送出去，對這裏所有的人，發射迷藥針！」

「靈魂」的話才一講完，幾乎每一個他的「手下」，都扳動了槍機，自槍中射出來的，不是子彈，而是一種極細的金屬針，我也中了兩針，但是平東上校更在我之前，我看到他的臉上，現出了一種如癡如醉的神色，接着，他的身子便倒了下來。

在他的身上倒下來之際，我看到屋子在旋轉，我感到「靈魂」的臉在向我逼近，愈來愈大，大到了後來，我只可以看到他的一隻眼睛，他的眼睛中射着異光，那種光芒愈來愈強烈。

終於，我什麼也看不到了。

第七部

拒絕探險不歡而散

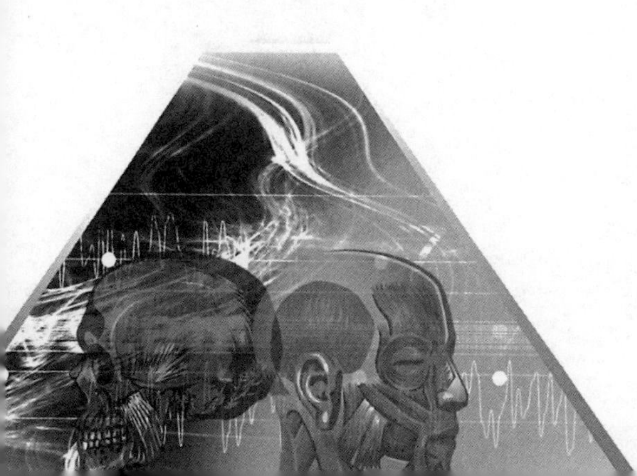

等到我醒了過來的時候，天色已黑，只覺得十分寂靜，什麼聲音也聽不到。

我掙扎着站起，扶着牆，向前走了幾步，着了燈。

我看到橫七豎八，睡倒在地上的，總有三十人之多，大概也都到了該醒轉的時候，再加上突如其來的光線刺激，他們都已迷迷濛濛地睜開了眼睛來。我只覺得喉頭乾澀無比，但是我還是勉力叫道：「上校，上校！」

平東上校也正在掙扎着要坐起來。

我的叫聲，可能給了他以一定的力量，他身子一挺，便已站定。

我苦笑了一下，想講幾句安慰他同時也安慰自己的話，可是我的喉嚨竟乾得一個字也講不出來。

而平東上校在一站定之後，行動快速得令人吃驚。

他奔向一隻花瓶，將花瓶提起，花瓶內是一副新型的無線電通訊儀，他的手指，不斷地按着那具通訊儀上的許多按鈕，就像是一個最熟練的打字員一樣。他足足在通訊儀上工作了三分鐘之久。

然後，他轉過身來，對圍在他身邊的部下道：「你們還在這裏作什麼，快去設法，用你們一切的關係，用盡一切可能，去堵截『靈魂』，不讓他帶着教授離開！」

那些人中，有一個道：「可是……上校……他們走了已有一個小時之久。」

「去！」上校突然咆哮了起來：「執行我的命令！不要在這裏廢話連篇，去！」

那二十來人，立時一聲不出，一起散了開去。

平東上校喘着氣，轉過身來，這時，只有我和他兩個，他臉上的神情，就像是一個捱了一掌的小孩子一樣，我想他的心中，一定想好好地哭一場。

平東上校望了我一會，才道：「我們還有希望？」

我苦笑了一下：「正如你的手下剛才所說，我們昏迷了一小時以上！剛才，你將這裏發生的一切，全報告了上去？」

「是的，我還請高級核心，下令動員附近一千哩之內所有可以動員的力量，我要求可以調動的空軍、海軍，一起協助我們。」

我搖了搖頭：「上校，我再提醒你一句，我們遲了一小時！」

平東上校來回地踱着，其實，他不算是在踱步，他只是不斷地在跳着。

好一會，他才道：「那麼，唯一的希望是，教授不答應他們所請。」

我想起了教授對我講起的「醫生良心責任」，對於平東上校的「希望」，我不敢樂觀。

但是，我卻不忍心去潑他冷水，只好含糊地應着。

就在這時，那無線電通訊儀，又發出了「滴滴」的聲音，上校連忙湊近去聽，等到他聽完之後，他興奮地轉過身子來：「批准了！」

我愣了一愣：「什麼批准了？」

上校道：「我剛才曾向上峰建議，准你進A區去將教授救回來，上峰批准了。」

我用自己的耳朵，也起了一陣震盪的大聲音反問：「你說什麼？」

平東上校將他剛才講的話，重複一遍。

我想笑，因為這實在可算是天下間最荒唐、最無稽的事！

但是我卻笑不出來，因為這件事和我有關，在這樣的情形下，我的臉色一定難看到了極點，我不知道怎樣表示我對平東的話感到可笑才好。

而平東上校卻還在道：「我的建議，往往上峰不會駁回。」

我只好嘆了一口氣，對於一個做了如此荒誕的事而還在沾沾自喜的人，實在是沒有什麼可以多說，我只是道：「上校，對不起得很，如果你有興趣到A區去旅行，請自便。」

平東上校睜大了眼睛：「什麼意思？」我忍不住吼叫了起來：「這還不明白？我不去！」

我長長地吸了一口氣，才又道：「我，不去！」

上校「哦」地一聲：「這倒出乎我的意料之外，原來你是膽小鬼。」

我心中怒火陡升：「你有什麼資格說我是膽小鬼？你以為用這種卑鄙的話來刺激我，我就會被你們利用了？我是膽小鬼，你是什麼？你為什麼不去？你為什麼不去將奧斯搶回來？」

平東上校居然毫不動氣，反倒不在乎地笑了一下：「你不去也不要緊，何必動那麼大的氣？我向上峰推薦你，是給你一個機會去彌補你的過失。」

我幾乎想要揮拳相向了，我瞪着眼：「混你的帳，我有什麼過失？」

「奧斯和你在一起，你將他擊昏，所以才使他落入『靈魂』的手中。」

真他媽的混帳東西，他竟講出了這樣無恥的話來，我冷笑一聲：「那麼，照你想，我應該怎麼辦？要我喝一聲變，將他變作我衣服上的一個鈕扣？還是要我施展法術，將他藏在頭髮中？如果說有什麼錯誤的話，錯誤在你的身上，你的總部，輕而易舉地就給人佔領，如果有人開拍滑稽特務片，我一定推薦你去當主角！」

我的話，對平東上校而言，可以說是極盡侮辱之能事的了！

可是，他卻仍然並不激動，他嘆了一口氣：「你不提這件事，倒也罷了，如今既然提了出來，而且指責我的無能，那麼，我也不得不指出，總部所在，絕對秘密，正因為你的疏忽，所以才將敵人帶了來！」

這一悶棍，令我實在有些受不住，我的臉色一定青得很難看，我雖然不能看到自己的臉，但是我卻感到了面肉的僵硬。

我喘了一口氣：「好了，我們之間，已沒有什麼可以說下去了。再見！」

我轉身向外便走，平東上校也道：「再見，希望你多多保重。」

我狠狠地道：「我知道怎樣照顧自己的！」

平東道：「你真要小心才好，『靈魂』雖然已得了奧斯，但是事情並不就此過去，因為，你知道得太多了！」

他的話，令我陡然一呆。

在這一剎間，我的神智清醒了不少。

對的，平東上校説得對，「靈魂」雖然得到了奧斯，但即使奧斯完全聽從「靈魂」，事情也並不就此可以了結。

因為，我知道得太多了！

我甚至推測到了A區主席，那個舉世都在注意他一舉一動的大獨裁者，已必須施行一項罕見的手術才能活下去！

而且，我還推測到，這項罕見的手術，可能是人體最重要器官的移植。

我可以更接近事實地説：這種移植，是人頭的轉換！

這樣大的秘密，我知道，這就表示我隨時徘徊在鬼門關的邊緣！

在這樣的情形下，我絕沒有退卻的餘地！

然而，我又應該怎樣呢？難道我接受上校的任命，到A區去冒險？

當然我不能，我只不過在門口略停了一停，大約只有幾秒鐘的時間，便發出了「哼」地一聲，繼續向前走去。

我召了一輛街車，司機問：「去哪裏？」

我心神恍惚，又十分氣惱，竟大聲道：「回家！」

司機大約當我是神經病，望了我好一會，才道：「先生，府上在哪裏？」

我呆了一呆，才笑了起來：「對不起，我正在想別的事，我要到——」

我的話還未講完，車門突然被一個人打開，那人探頭進來，向司機道：「對不起，這位先生，不需要搭車。」

那傢伙一面說，一面竟然伸手來抓我的手臂，我心中正自憋着怒氣，無處可出，那傢伙正好是自討苦吃，我揚起拳頭，就待擊了下去。

可是，當我的拳頭疾揮而出，離那人的下頦，只有半寸的時候，拳頭突然煞住了。

那人是我的好朋友巴圖！

他是一個大國的異種情報處理專家，和我有深厚的交情。拳頭沒有擊中巴圖，必然的結果，是我被巴圖拉出了車廂！

而我一出車廂，「呼」地一聲，那輛車便急急駛走，我想那位的士司機一定在慶幸能夠擺脫了我這個「神經病」！

一出了車廂，我用力拍着他的肩頭，他也用力拍着我。

我笑着：「你來得正好，我有麻煩。」

他也笑着：「我想，我的出現，和你的煩惱，大約有關連，我收到了一項異種情報，冒險駕着還未曾正式使用的超音速噴射機趕來和你相會。」

「哦，你收到的異種情報是什麼？」

「說出來嚇你一跳。」

「你放心，只管說好了，我不至於那麼膽小。」

「情報說，A區主席快死了，除非替他進行一項換頭手術。」

我大吃了一驚，整個人都呆住了，我的天，這是最秘密的情報，而他，竟然在一條馬路上（雖然說這條馬路不是很熱鬧），用這麼大的聲音，叫了起來。

看了我的情形，他竟然哈哈大笑：「看，你果然嚇了一跳！」

我伸手握住了他的手臂，餘悸未定，是以聲音聽來十分異樣：「你瘋了，這樣的事，能隨便亂說麼！」

巴圖卻開心地「哈哈」大笑了起來：「衛，你太緊張了，在大街上可以說的話，即使被人聽到，也絕不會被人懷疑那是真正的秘密！」

我不得不承認巴圖的話是對的，但是我仍然道：「還是別亂說的好。」

巴圖拍着我的肩：「我要和一個人接頭，你可願一起去見他？」

我問道：「平東上校？」

「是的，我必須先讓他知道我來了。」

「不必了，我不想再去見他，因為我才從他那裏出來。」我搖頭拒絕了他的建議。

「那麼，你到我的酒店中去等我，金像酒店，七〇七室，我隨即就來！」

巴圖一面說，一面將鑰匙拋了給我。

我本來急於回家去，可是巴圖來了，而且他的到來，又和這件事有關，我自然不得不改變計劃。

接過了鑰匙，巴圖連跳帶奔，走了開去，他永遠那麼精力充沛。

我截了一輛街車，到金像酒店，七〇七室是一間極其豪華的大套房，我坐在一張柔軟的天鵝絨沙發上，然後打電話回家，向白素說明我必須遲歸的原因，因為巴圖來了，我們有事情要商議。

我坐了只有二十分鐘，便有人敲門，同時也聽到了巴圖的聲音。門一打開，巴圖像一陣旋風也似地捲了進來：「太好了，衛，太好了。」

我瞪着他：「什麼太好了？」

「能夠和你一起工作，不好麼？」

「巴圖，」我正色地道：「我和你是朋友，但是我不會和你一起工作。」

巴圖像是想不到我會有這樣的回答，他略帶委屈地道：「這是怎麼一回事？在夏威夷的海灘上，你不是說過，有什麼稀奇古怪的事，千萬不可忘了你，要和你一起去探索？」

我嘆了一口氣：「是的，我說過。可是如今這件事，沒有什麼奇怪，只不過是一個獨裁者，想盡方法要活下去。」

巴圖大聲道：「是的，可是他想用什麼方法活下去，你知道嗎？」

我大聲道：「我當然知道，我知道得比你多得多，你所得的情報，全是由我供給的。」

「有一點你不知道。」

「什麼事？」我有點挑戰似地問。

「這位大獨裁者正在傾全力發展核子武器——」

我不等他講完，便道：「算了，這算什麼特別的情報？世界上每一個角落的人，都知道這一點！」

「你聽我講下去，好不好？他派他最親信的將軍，去主理核子武器發展，而他的最後一次公開出現的地點，根據人造衛星偵察的結果，正是他們核子基地的附近。」

我不屑道：「那又有什麼稀奇，他去巡視核子基地，十分尋常。」

第八部

零星情報拼湊真相

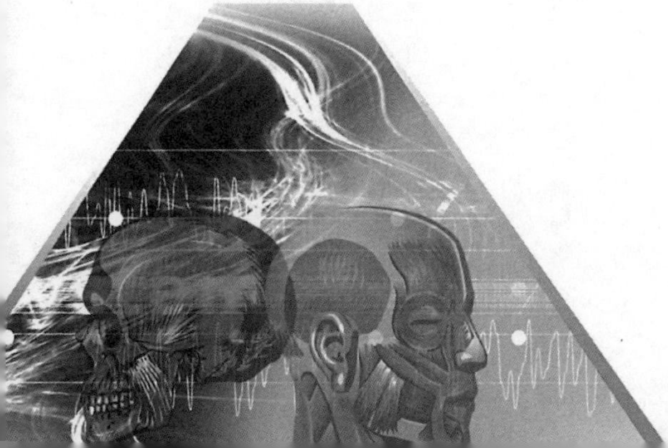

巴圖道：「是的，他在那地點，一年總得出現好幾次，但這一次有多少例外。」

「什麼例外？」

「往常，他在視察核子基地之後，回到京城，他的部屬，照例在機場上有盛大的歡迎場面，但是這最後一次，他似乎根本未曾回到京城去！」

「是的，他自那次出現之後，到如今已足有四個月未曾露面，你們的情報人員，什麼情報也得不到，只好亂猜！」

巴圖搖着頭：「別將我們看得太低能，我們有情報，但不能確定，如今事情發展到這一步，零零碎碎地拼湊起來，對於整件事情，也可以有一個梗概了。」

「講講看。」

「A區附近的那個輻射塵測量站，測得輻射塵增加，這個現象，應該是一次極小型核子武器爆炸的結果，情報人員曾推測那可能是一種極新型的核子槍。」巴圖來回地踱着：「自這件事之後，到如今，是四個月。這個時間，是一個很重要的因素。」

我沒有出聲，巴圖繼續說下去：「在這四個月中，那個核子基地的一切活動，全都停止，而主席卻下落不明，上個月，我們故意要換大使，想趁呈遞國書的機會，逼他出現，可是結果，由副主席代替！」

「那麼，你拼湊的結果是——」

「我的結論是，測量站記錄得輻射塵微量地增加，並不是什麼核武器的試驗，而是那個核子基地中，出了意外。」

他頓了一頓，續道：「意外可能是人為的，更可能是A區地下志士的傑作，總之。在這次意外中，這個大獨裁者，受了傷！」

「哼，如果是核武器自動爆炸什麼的，這個主席又不是真神，早就死了。」

「當然他沒有死，但是我有理由相信，他身子一定受了灼傷，我剛才提到四個月這個時間因素十分重要，它的重要處，就是一般輻射灼傷的人，總還可以多延留四個月左右的命！」

聽到這裏，我不禁聳然動容。

我站了起來：「那麼，你的結論是——」

他接過了口去：「我的結論是：四個月前，這位大獨裁者，在巡視核子基地時，因為還不可知的意外，受了輻射線的灼傷。當時，受灼傷的部分極少，絕不致命，他自然立即受到了最好的照顧，但是那沒有用，受輻射灼傷的地方，漸漸蔓延開來，到如今，我相信除了頭部之外，他的身體，已沒有一處完整的地方，這四個月中，他當然吃足了苦頭！」

我聳了聳肩：「好得很，這正是狂人應得的報應。」

巴圖道：「他自己是不是不想死，不得而知，但是他的得力部下，一定希望他能活下去的。」

我吸了一口氣：「於是他們想到了奧斯教授！」

「是的。」

「如今，他們已將奧斯教授擄走了！」

「是的，我們必須將他救出來。」

我搖了搖頭：「是你，不是我們。」

巴圖嘆了一聲：「你還不明白我的意思，奧斯是你的朋友，你怎能見死不救？這件事，奧斯答應也好，不答應也好，成功也好，失敗也好，他都絕不能活着離開！」

我聽了之後，默然不語。

我之所以默然不語，是因為我知道巴圖的話是對的，不論在什麼情形下，奧斯都有死無生！

但是，我又能做些什麼呢？

我呆了半晌，仍然搖了搖頭。

巴圖又嘆了一聲：「任何困難的事，我都喜歡一個人做，但這件事，衞需要你幫助，我們要去挽救一個傑出科學家的生命，這個科學家，有可能使人類醫學史完全改變面貌！」

我嘆了一聲：「我並沒有答應你的要求，但是我不妨聽一下你的計劃如何。」

巴圖道：「計劃很巧妙，我們以高級外交人員的身分進入A區，就算失敗，至多被驅逐出境。」

我聽了之後，皺了皺眉，巴圖以為我是怕死，這使我很不高興，但是我卻也沒有打斷他的話。

他又道：「當然，我們首先要查明，奧斯教授是不是決定幫他們忙——你要我說出詳細的計劃，老實說，根本沒有。只能見機行事，但如果你肯，立時便可成行。」

我驚訝地問道：「這是什麼話？」巴圖道：「現在的辦事效率之快，令人驚嘆，我在動身飛來之前，使用無線電話通知了這裏的工作人員，準備兩份外交人員的身分證明，現在，持有你我兩人外交身分證明的人，已在機場相候。」

我不出聲，只是慢慢地轉過身去。巴圖續道：「衛，你如果不答應和我一起去，那我自己去了，我知道，我們最多只有三天的時間，每一秒鐘，都是寶貴。」

我實在不想去，但是，我又實在難以拒絕，因為巴圖是我好朋友，我無法眼看他去冒險，而不加以援手。

而且，奧斯教授的安危，我也一樣關心。

當時，我僵立在門口，大約過了半分鐘，我向背後伸出手去，我伸出的手，立時被巴圖握住。

一切就這樣決定了。

七小時之後，超音速噴射機，在A區的一個大城市的機場上降落。

這七小時的飛行，我們的生命，每一秒鐘都在危險之中，因為這一型的飛機，還在試驗階段，它的速度特別快，我們居然奇蹟也似地飛行，終於安全降落，當我們步出飛機時，看到機場上，軍警林立，雖然我們都持有正式外交人員的文件，但是看到了這種情形，心中也不禁感到一股寒意。

一個中校帶着幾個士兵，向我們走來，他板着臉孔，冷冷地打量了我們一眼：「就是兩個外交人員？」

巴圖道：「是的，我們使館中的人會來接我們，我想，你不至於要對我們進行檢查吧？」

「當然不，」那中校仍是板着臉：「而且，也不會有人來接你們，你們的飛機在一小時之前，進入我國國境時，外交部已宣布你們為不受歡迎的人物，你們必須立即離去。」

「什麼？」巴圖高叫了起來：「這不合外交慣例，我要與我們使館的人接觸，我們當然要抗議，貴國這樣做法，是——」

可是那位中校，立時打斷了他的話頭，「外交慣例？像你們這樣，懷有特殊目的，就合乎外交慣例？」

巴圖呆了一呆，那中校道：「我們已替你準備好了飛機，請跟我來。」

巴圖忙道：「不，我們要回去的話，當然搭我們自己的飛機離去。」

「不，你們的飛機，在一入國境時，空軍部隊已下令扣留了。」

巴圖氣得臉色大變，那飛機正在試驗中，是一項重大的軍事秘密，因為這類戰鬥機，不但速度極高，而且可以攜帶多種核子導彈，若是被對方扣留，那當真是偷雞不着蝕把米了！

巴圖尖叫了起來：「你簡直是流氓！」

那中校厲聲道：「侮辱軍官，是要付出代價的！」

巴圖還想再罵，但是我卻拉了拉他的手臂：「巴圖，我們走吧！」

巴圖苦笑道：「可是那飛機——」

我攤了攤手：「你有什麼辦法？你看到了沒有，機場上足有一團士兵，而我們，只有兩個人，你想要怎樣反抗？」

「我不能失去那飛機！」巴圖高叫着。

突然之間，他左手向下一拋，轟地一聲響，一大團煙霧，立時冒了起來。

我絕不贊成在這樣的情形之下出手，可是巴圖這傢伙卻已然先出手了。

他既然出手了，我怎可以袖手旁觀？

就在那一大團煙霧突然冒起之際，我身子也向前疾撲而出，一拳擊在那中校的胸口。

那中校的身子，向後倒去，我一再伸手，拉住他的手臂，將他的手臂，扭了過來，那時候，我們全在濃煙中，誰也看不到誰。

一同被困在濃煙中的，還有幾名士兵，那幾個士兵的手中，全有武器，可是在這樣的情形下，他們也不知所措。

我拉着那中校，認定了飛機的方向，疾奔出去，好在我們離飛機並不遠，我一衝出了煙霧，便奔到了飛機的邊上，緊接着，巴圖也從煙霧中出來，靠着那中校的掩護，並沒有人向我們開槍。

巴圖首先跳進了機艙，他一面伸手來拉我，一面已使飛機引擎發動，我一腳將中校踢出，身子一聳，上了飛機。

飛機立時在跑道上向前衝去！

但是，在這樣的情形下，如果我們可以逃得出去，那才是奇事了。機關槍聲，立時從四方八面，集中向飛機傳了過來，飛機猛地一震，左翼已着火，巴圖用力按下一個紅色的圓掣。

我和他兩人，被一股極強的力量，彈出了機艙：呈拋物線彈出，大約彈高了一百公尺左右，當我們身在半空之際，倒可以看清機場的形勢。

在我們四周圍的士兵，至少有三百人，飛機已然全被烈火吞噬，立即就會發生爆炸。

我們身在半空，那是最好的靶子，但兵士顯然未曾奉命，是以沒有發槍。巴圖的手臂，突然振了一振，「呼」地一聲響，一隻氣墊迅速地自動充氣，而他將那隻氣墊，向我拋來！

我和他兩人，隔得本來就極近，氣墊向我一拋，我一伸手便抓住，而他的手，也未曾離開那氣墊，我們兩人一起跌下，跌在那隻氣墊之上。

巴圖在還未曾落地之際，便叫道：「快滾開去！」

我們鬆開了那隻救命氣墊，身子向旁，疾滾了開去，滾開了十來碼之後，一聲巨大的爆炸聲，濃黑色的濃煙，沖天而起，高達數百公尺，那架飛機，已經爆炸了。

包圍在我們四周圍的士兵，因為飛機的爆炸，而亂成了一片，細小、灼熱的金屬片，四下飛射着，這種混亂，給以我們機會，使我們可以向機場的草地衝過去。

可是幾乎立即地，在我們的面前，出現了整排的軍隊，而在我們的左、右和後面，軍隊也一起掩了過來。

那個中校滿面怒容地奔到了我們的面前：「你們被捕了！」

巴圖道：「我們是外交人員。」

中校厲聲重複着：「你們被捕了！」

巴圖道：「好，我們被捕了，但是請問——」

他講到這裏，突然壓低了聲音：「請問，未能完成截留飛機的任務，你將在什麼時候被捕？你又有幾分不被槍決的機會？」

巴圖那一句話，比什麼都厲害，那位中校的面色，變得和水泥跑道差不多。

我笑了一下：「你何必代他擔心，或許在軍法處中，有他的親戚，那麼他就可以不至於被槍斃，只做二十年苦工什麼的。」

中校的面色更難看，巴圖沉聲道：「中校，你只有一個機會：你不是說替我們預備了一架飛機麼？你和我們一起上那架飛機，我們帶你離開，到了外國，你可以憑撰寫回憶錄的版稅而生活得很好，我猜你不是屬於正規軍隊，而是特工部隊的軍官，是不是？」

那中校無助似地向不遠處的一架小飛機望了一眼，巴圖道：「你可以押着我們前去的。」

中校道：「你……竟引誘我叛國？」

巴圖聳了聳肩：「或許你更喜歡二十年的苦工監，我們當然不便勉強。」

中校大喝一聲：「走！到那架飛機去，我會押你們去見最高首長！」我心中大喜，巴圖也是，想不到我們在絕處，又有了生機，我們在中校的「指押」下，向那架飛機走去，圍在我們面前的士兵，一起讓路。

然而，我們卻未能走到那架飛機的近前，四輛吉普車便已疾駛而至。先從吉普車中，跳下了十來位手持一種十分異特武器的軍官，然後，一位將軍下車。

那下車的是一個身材十分魁偉高大的少將。中校一見了他，就像是已經看到了屠刀的羔羊一樣，身子不由自主地抖了起來。

當然，我和巴圖兩人的臉色，也好看不到什麼地方去，那少將向我們望了一眼，然後直來到中校的面前，一揮手，和他同來的幾個軍官，已將中校圍了起來。

那少將冷冷地道：「你被捕了！」

他走向前去，粗暴地將中校肩上的肩章拉下來，又將中校的軍帽摘下，幾個軍官，立時推着那可憐的中校走了。

我心中之所以感到這位中校可憐，是因為我們離那架飛機已然極近，如果那四輛吉普車遲五分鐘來的話，我們早已飛到空中去了！

當然，不但是那中校倒楣，連我們也倒了楣，中校被帶走之後，少將來到了我們的面前。

我不能不佩服巴圖，因為在這樣惡劣的情形之下，他竟仍是一樣地若無其事：「將軍閣下，我想貴國對我們兩人的身分，一定有些誤會。」

少將得意地笑了起來：「一點也不，特務先生。」

他一面說，一面用戴着手套的手，幾乎直指到我們的鼻尖上來：「尤其是這位先生，我們國家安全部部長，早已提醒過我們了！」

我不禁倒抽了一口涼氣，他口中的「國家安全部部長」，就是「靈魂」！

我忙道：「他……料定我要來？」

「是的，他下令全國，注意你的蹤迹，想不到你竟這樣堂而皇之地冒認外交人員！」

我強辯道：「不是冒認，我是正式的外交人員，有真正的證件！」

「不論你有什麼證件，你們兩人都必須遭受扣押，如果你們是真正的外交人員，那你們的國家，一定會替你們交涉！」

將軍傲然地回答着，我向巴圖望去，在這樣的情形之下，巴圖也只好望着我苦笑了一下。

在兩名軍官的監視下，我們上了一輛吉普車。

第九部

不可思議的途徑

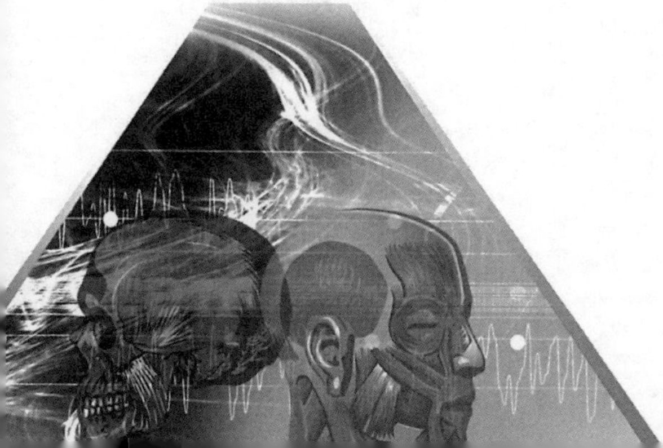

車子一直駛到了極其巍偉宏大的「王宮」之前。「王宮」是主席府，我們竟被帶到主席府來了，真不知道他們想將我們怎樣。

車子一到了「王宮」門前，便停了下來，兩名軍官上前去和守衛交驗證件，所有的軍人立時撤退，而由穿着淺藍色制服的主席特衛隊來接替開車子。

A區的特衛隊是最高的特權階層，人數並不多，只有三百人左右，在這裏的隊員，全是軍隊中的團長，而離開了特衛隊之後，他們不神秘死亡，便可以做更高的官。

特衛隊的司令官是「靈魂」。

我們的囚車繼續向前駛，穿過了一條兩旁全是名貴花卉的大道，直來到了王宮的門前，然後，車門打開，當我們下車的時候，看到一位特衛隊的官員，正等在車旁，那軍官居然和我們握手：「我是泰中將，特衛隊的副司令官。」

在這樣的情形下，我們只好將一切全看開，我笑道：「啊，幸會，幸會，這裏就是著名的王宮了？主席要召見我們？」

「兩位，」泰中將的年紀不算大，但是他講話的神情卻極嚴肅：「你們也胡鬧得夠了，你們也應該看得出我們的極度容忍。」

巴圖嬉皮笑臉地道：「還有我們的運氣好，這一點也不可否認。」

泰中將冷然道：「現在，你們將會見一位偉大的人物，如果你們再胡鬧的話，那麼你們的運氣，就不會那麼好。」我和巴圖互望了一眼，心中暗忖，難道真的是主席要召見？

如果是的話，那麼，我們的一切猜測，當然全不正確，因為我們推斷那位大獨裁者，在死亡的邊緣！我先道：「很樂意會見這位大人物。」

泰中將翻起手腕，對着他的「手表」道：「第一分隊，到正門來集合。」

他這句話才一出口，大約不超過十五秒鐘，便看到十二名特衛隊員，一起奔了過來，泰中將道：「你們負責看管他們兩人，一有異動，格殺勿論！」

一個看來是分隊長的人高聲答應，泰中將又道：「帶他們自第三路線，到會議室去。」泰中將的話，在我們聽來，莫名其妙，但是他不待我們發問，已向外走了開去，那十二名特衛隊員散了開來，將我們圍在中心。

然後，他們操起整齊的步伐，向前走去，我們被挾在中間，自然不能不走，穿過了好幾條長走廊，那些走廊，簡直就像是迷宮，接下來所發生的一切，令得我和巴圖兩人，大開眼界！

我們先到了一間房間，看來正像是會議室，我們以為已經到了，可是，一被命令坐下，突然有下沉的感覺。

整間房間，是一架巨型的升降機！

那「房間」一直下沉了多少，我們自然不可能知道，在時間上而言，大約三十秒，然後出來，又經過了許多曲折的走廊，到了另一間房間，在那裏，我們被命令脫下所有的衣服。

我們當然大聲「抗議」，可是那位分隊長冷冷地道：「不脫也可以，但只要你們的身上，有一點金屬的話，等一會通過光環地帶時，就自討苦吃。」

我不明白「光環地帶」是什麼意思，巴圖已低聲道：「脫吧，那是一種對金屬有特別效應的光，會使金屬發出高熱，但對人體卻又無害。」

我們脫清了衣服、鞋、襪，然後，再穿上他們拋過來的衣服，才繼續向前去。

我們向上爬着石級，又穿過了一道小河（那是真的小河，流水淙淙），然後，經過了許多道一吋厚的鋼門，最後，我們到了一個圓筒之前，那圓筒徑約六呎，所有人都擠了進去，然後，突然間，圓筒旋轉了起來，足足轉了五分鐘之久，每一個人平衡感都遭到破壞。

旁人是怎樣出來的我不知道，我是天旋地轉地跌出來的，一跌出來之後，還未曾看清是跌在什麼地方，身子又向上升了起來。

我還不是直接向上升起，而是呈螺旋形向上升起，這更令得平衡組織失靈，接着，被一股大力，彈了起來，落在地上，我勉力睜大了眼，看出跌進了一間房間，我感到這間房間的四周圍全部鑲滿了「哈哈鏡」，一切全是變形的。

我聽得巴圖在叫我，他就在我的身邊，當我循聲看去時，巴圖卻在翻筋斗。

事實上，我身邊的一切，全固定不動，而自然也不是四壁鑲滿了哈哈鏡，我之所以有這樣的幻覺，是剛才旋轉得實在太厲害了。

足足有十分鐘之久，我才能搖搖擺擺地站了起來，兩人各自伸手搭住對方的肩頭，這樣可以使我們站得穩一些。

這是一間陳設得十分華麗的房間，我們都奇怪：經由這樣秘密而不可思議的途徑，才到達這樣的一間房間中，對方的用意何在？

也就在這時，一扇門打開，四個身子又高又瘦的人，走了進來，那四個人走進來的姿勢，十分特異，他們的雙手，五指伸得很直地放在他們的身邊，那樣子倒有點像美國西部的槍手。

由於他們雙手的樣子那樣奇特，我自然地向之多看了幾眼，只見他們的手，又粗又大，除了拇指之外，其餘四隻手指，幾乎一樣長短，顯得十分醜惡，他們的手掌，看來就像是一塊石板！

巴圖當然也看到了他們這異樣的八隻手，但是他卻顯然不知道這樣的手意味着些什麼，是以他只好奇地聳了聳肩。

我的感覺不同，看到了那樣的手，感到一陣異樣的恐怖！

那是中國武術之中，最難練，也最厲害的鐵砂掌！

據我所知，這種鐵砂功夫，早已失傳，如何會忽然出現了四個懷有這等絕技的高手，令我驚駭不止。

我吸了一口氣，低聲道：「巴圖，小心這四個人，他們的手掌——」

巴圖不等我講完，就自作聰明：「空手道？」

我當真又好氣又好笑：「你只知道空手道，以為一掌可以劈碎幾十塊土瓦片，或是一塊木板，就是不得了的功夫？可是你可知道，所謂空手道，本來是中國末流功夫，傳到琉球去的？這四個人練的，是正宗中國武術中極上乘的鐵砂掌！」

巴圖已然吃了一驚，但是他當然無法想像鐵砂掌的厲害處，所以他只是望定了我。

我又道：「等一會，如果有什麼意外的話，你要切切記得，不可以和這四人中的任何一人動手！」

巴圖似乎有些不服，但是我的神色實在嚴重，是以令得他不能不點頭答應。

我向這四人望去，這四人已然分了開來，站在門的兩旁，我問道：「四位是——」

可是這四人卻望也不向我望一眼，當然更別希望回答我的話了，我只得訕訕地住了口，就在這時，門又再度自動打開，一個身形矮小的人，大模大樣地走了進來，竟是「靈魂」！

如果我不是以前已經見過他，此際在這樣的情形下見到，一定也已感到一分駭然。因為他是不折不扣的第二號人物。

但是一則，我已經見過他，二則，我們一心以為，會在「王宮」中見到那個大獨裁者本人的，是以看到了「靈魂」，便不覺得有什麼特別，我在「靈魂」的哈哈笑聲中，甚至還有點失望地道：「原來是你？」

「靈魂」笑了好一會，他站在那四個人之間，並不再向前走來：「衛斯理，你來了，好，好，天堂有路你不走，地獄無門闖進來！」

我冷冷地回答他：「你敢於坦率承認在你們主席治理下的國家是地獄，那倒很難得，因為你們宣傳家稱之為天堂。」

「靈魂」的臉色，陡地一沉：「誰和你講廢話麼？」

我攤開了手：「我們是正式的外交人員。」

「靈魂」又笑了起來：「是的，而且，你所代表的國家，他們的反應也來得很快，對你們的失蹤，表示關懷。我們，也表示關懷，而且，正在盡力尋找你們的下落，哈哈！」

「靈魂」得意的笑聲，令巴圖十分惱怒，他大喝道：「你是個卑污的畜牲。」

「靈魂」冷笑道：「你也好不了多少，朋友，你真是來做外交工作？還是另有所圖？你們想找回奧斯教授，是不是？」

巴圖向前走了一步，兩個高瘦漢子，立時迎了上來。

巴圖向他們的手望了一眼，便站住了身子：「是的，奧斯是世界著名的科學家，你們用這樣的手段，將他擄劫來——」

「靈魂」縱聲大笑，打斷了巴圖的話頭：「你完全錯了，朋友，你就快可以看到奧斯教授發表的，他自願留在我國，繼續進行科學研究的聲明書，聲明書由他親筆簽署。」

我和巴圖兩人，不禁面面相覷，這是他們玩慣的把戲！

我試探着問道：「那樣說來，奧斯教授，已經答應替你們主席進行那項駭人聽聞的手術了」

「靈魂」卻若無其事地說：「什麼？我們的主席要進行手術？哈哈，你們的情報工作，未免太差了。主席的身體極好，他至少可以活到一百二十歲。」

我接上去道：「如果是奧斯的手術成功的話，也許他會活到一百二十歲！」

巴圖毫不容情地道：「一百二十歲，太少了！應該是萬歲，萬萬歲，你有謀反的嫌疑！」

「靈魂」的臉色變得十分難看，我們的話，顯然令得他十分惱怒，他冷笑了幾聲：「既然你們不合作，有必要使你們先受些教訓。」他講到這裏，身已向後退去。

他退到了門口，才道：「給這兩人一點教訓，但我不要他們死！」

「靈魂」一講完那句話，便立時退了出去，那扇門也已自動關上。

而那四個人，也迅速地變換了他們站立的位置。

他們站成一排，慢慢地向我和巴圖逼近，我不禁大吃一驚，這四個人，他們既然有着這種厲害的功夫，我和巴圖兩人，當然不是他們的敵手！

而這一點，我一上來說得清清楚楚，是以我當時就警告巴圖切不可動手。

我連忙拉巴圖向後退，當巴圖的臉上，有不以為然的神色顯露之際，我連忙用最嚴厲的眼色，來制止他心中所想的事，不讓他妄動。

同時，我道：「四位……嘿嘿，想不到在四位的身上，看到了早已失傳了的鐵砂掌絕技！」

那四人停了下來，面上部有得意的神色，其中一個道：「你倒識貨。」

他一開口，我就聽出他是山東半島，近膠州灣那一帶的人，我忙道：「四位可認識威海衛的王天成王大爺？」

四人冷漠地搖了搖頭。

我忙道：「那麼，煙台褚三爺，你們一定熟的？」

那四人仍然搖着頭。

我苦笑了一下：「四位有這樣的身手，若說不認識掖縣的于四哥，那我可不信。」

四人中的一個道：「你說的于四哥，便是于文泰？」
我忙道：「是啊，于四哥是膠州的好漢，英雄──」
我的話未講完，那四人已冷冷地齊聲道：「是狗熊，不是英雄。」
我呆了一呆：「你們認識他？」
「是的，我們和他有仇！」
我的手心已在冒汗。
看來我要和他們攀交情，已是攀不上的了。
唉，現在我才明白知道，我上一次能夠一叫出桃版的名字來，便免於被人落蠱，那實在是極大的幸運！
我苦笑着：「四位，那你們真要和我們過不去麼？咱們可無冤無仇！」
那四個傢伙，居然掉了一句戲詞兒：「上命差遣，兩位莫怪！」
我啼笑皆非，巴圖卻已然冷笑道：「衞，要是你再這樣苦苦哀求下去，那我寧願捱一頓揍。」
我苦笑道：「巴圖，當你捱了一頓之後，你就會知道，寧願苦苦哀求了！」

可是，巴圖卻已不顧一切推開了我，向四人一招手，道：「來！」

那四個人中的兩個，倏忽地轉過身，對住了他。巴圖冷笑道：「你們大可以四個人一起來對付我，我倒要看看什麼叫做鐵砂掌，哼，我看那和義和團差不多！」

巴圖這個人，毛病出在他在西方住得太久了，是以對於東方的玩意，多少有些輕視和不信的觀念，他這句話一出口，我就知道糟糕了。

果然，那兩個人立即揚起了手，向前疾衝了過去，翻掌就拍。

巴圖的身形，極之靈活，他身子一閃，避開了那兩人的掌擊，橫射向外，用力撞了出去，「砰」地一聲，已被他撞中了一個人。

那人的身子一側，向旁跌來，恰好跌向我。

巴圖既然已動上了手，我心中對這四個人，固然害怕，可是也絕沒有退縮之理！

那個人恰好向我跌來，這正給我一個機會，我身子一矮，頭一低，用力一頂，撞向那人，將那人的身子，又撞得向後跌去。

他在向後跌出之際，雙臂不由自主，揚了起來，這更給我以對付他的極好機會，我雙掌齊出，一起用力砍向他的肩頭！

那傢伙發出一下怪叫聲，和他肩骨脫骱的聲音，混在一起，聽來驚心動魄！

他厲害的是鐵砂掌功夫，肩頭已脫了散，雙臂不能揮動，自然不必再去怕他了，是以我連忙又轉過身來。

可是，我才轉了一半，肩頭上便受了重重一擊！

那一擊的力道之大，實在難以形容，而這一擊所給我的痛楚，也永遠不會忘記，在那一剎間，只覺得我自己的肩頭，像是突然離體而去。

要是我的肩頭和左臂，索性離體而去，那或者倒也好了，可是它立即又回來了，但卻是支離破碎地回來，令得我全身的每一根神經，都感到無可言喻的痛楚！

我喘着氣，身子不由自主地打着轉，眼前只看到一大群亂飛亂舞的金星。

我的右手還能揮動，我就那樣盲目地揮着。

緊接着，第二擊又來了。

第二擊來得更重，是擊向我另一肩頭的，像是有一塊一噸重的鐵，在我的肩頭上重重地撞了一下，我整個人都跳了起來，發出自然而然的嗥叫聲，我倒向後面，雙手撐在地上，想掙扎着爬起來。

可是我雙手在地上一撐的結果，卻是整個人又跌向地下，在一陣劇烈的痛楚之中，我昏了過去。

我是在一陣冷笑聲中醒過來的。

在我的神智已然半清醒之時，覺得出有一桶水，向我潑下。

我發出了呻吟聲，然後才睜開眼來，我仍然在地上，那四個人在我面前，他們之中的兩個，正在替其中的一個按穴推拿。

那一個，正是雙肩受了我一擊的那人。

而另一個，則正雙手叉着腰，在對我作冷笑。

巴圖呢？巴圖在什麼地方？我立即看到了巴圖，他還昏迷不醒，他的身子斜靠在牆上。

他的左半邊面，可怕地腫了起來，而他的左臂骨，也顯然折斷。

我嘆了一口氣，只聽得門打開的聲音，「靈魂」又走了進來，向巴圖望了一眼：「唔，你們下手太重了些。」

我的上半身，仍極其疼痛，但是我總算掙扎着站起，喘着氣：「巴圖受了重傷，必須得到醫治。」

「靈魂」道：「會的，來人，將他抬出去，立即吩咐醫生進行醫治，同時，對他進行嚴格的監視。」

他一叫，立時有幾個人走了進來，將仍然昏迷的巴圖抬了出去。

「靈魂」冷冷地望着我：「現在，你多少已得到了教訓，是不是？」

我走前一步，在一張沙發上坐了下來：「如果你是說，這樣一來，便可以令我屈服，或是可以使我害怕，那你就錯了！」

「靈魂」厲聲道：「你絕不是他們的敵手！」

我向那四人看了一眼，道：「是的，但他們是四個人，以多敵少，在中國武術的傳統之中，十分卑劣。」

那四個人面有怒色，我則緩緩地左右搖擺着身子，來增進我身子的血脈流通和減少痛楚，然後道：「如果一對一，那麼你就可以問剛才我擊倒的那個人，誰的身手高！」

那人沉不住氣，跨出了一步：「首長，請批准我和他單獨比試。」

「靈魂」斜着眼望着我，道：「有機會，不是現在！」他的面色突然一沉，道：「衛斯理，要不要去看看奧斯？」

我幾乎已不存在這希望了，但「靈魂」卻反而向我提了出來，我忙道：「我自然是想見他！」

「你不但要去見他，而且必須勸他！」「靈魂」強調地説着。

我雖然知道身在險境，但是我對「靈魂」仍然寸步不讓，我道：「勸不勸他，那得看我是不是願意。」

「靈魂」「哼」地一聲：「跟我來！」

我跟着他，走出了那間房間，在外面，停着兩輛樣子十分奇特的小車子，看來有點像遊樂場中的汽車，「靈魂」叫我坐在前面的一輛，他自己則上了後一輛，突然之間，車子向前滑了出去。

車子向前滑出的速度，快到了極點，我根本來不及看清兩旁的情形，車子已突然停止了。

車子停在一扇十分大的鐵門之前，門前，站着一排衛兵。

我和「靈魂」一起跨出車，兩個軍官奔了上來，向「靈魂」敬禮，然後，又扳下電閘，將門打開，「靈魂」道：「進去！」

我向內望了望，裏面是一條走廊，走廊盡頭，是另一扇鐵門。

我依言走了進去，身後的門關上，當我來到了走廊盡頭的那扇門前，門自動打了開來，那是一間囚室，而囚室中，奧斯正低頭坐在板上。

第十部

只能再活四十小時

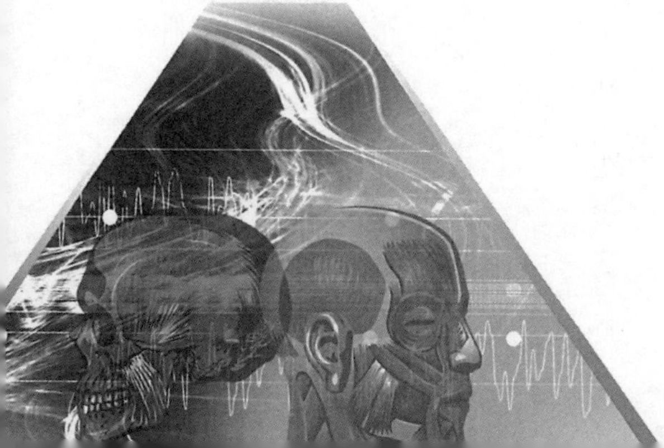

他雙手托着頭，根本沒有發現我的來到，我吸了一口氣，叫：「奧斯！」

他陡地一震，抬起頭來。

在他的臉上，現出不可相信的神色來：「是你，你怎麼來的？」

「我來找你。」

「唉，現在，變成兩個失去自由的人了。」

我在他的身邊，坐了下來：「別太悲觀。」

奧斯聽了之後，神情似乎振作了一些，他壓低了聲音：「你可知道，我見到他了？」

我一呆：「誰？」

「主席，他們的主席！」他的神色十分駭然，「他完了，他一定活不成了。」我也緊張地問道：「他怎樣？」

「他受了輻射的灼傷，唉，我從來沒有看到一個人的身子爛成這樣子的，他的身子整個都完了，但他的頭部，卻還完好。」

我道：「所以，他們要你將完好的主席的頭，搬到另一個身體上？」

奧斯教授喘着氣：「是的，他們要我這樣做，也唯有這樣，主席才能繼續活下去。」

我呆了半晌：「活下去的，是不是主席呢？」

奧斯苦笑着：「這就是我以前問過你的問題了，一隻鞋子，如果換了鞋底……」

我們一起相視苦笑，然後，我道：「你答應了？」

奧斯不作聲。

我又問道：「照你的理論來說，你是醫生，不論他是什麼人，你都有義務要挽救他的生命的，那你為什麼不答應呢？」

奧斯的身子，忽然發起抖來，他的聲音也在發顫，他道：「我……我看到了那個人。」

我呆了一呆：「你又看到了什麼人？」

「那個人，我不知道他叫什麼名字，但是我卻看過他的健康檢查報告，他的身體極其健康，幾乎一點毛病也沒有，就是他！」

我仍然不明白：「那麼，他究竟是什麼人？」

奧斯嘆了一口氣：「他究竟是什麼人，那不重要，如果我進行手術，那麼，他的身子，就會和主席的頭連結起來——」

我聽到了這裏，也不禁生了一股不寒而慄的感覺來：「你……要將那個人的頭，活生生地自他身上切下來？」

奧斯教授點了點頭：「是的，如果我——」

我不等他講完，便叫了起來：「謀殺！」

奧斯教授望了我好一會，才道：「衛，你用的這個字眼太舊了，舊的言語，已不能適應新的事實。在人們以前的言語範疇之中，將一個人的頭從一個活人的身上切了下來，那一定是奪走了這個人的生命，是以定名為『謀殺』，是不是？」

我道：「當然是，現在不是一樣？」

奧斯教授嘆了一聲：「現在情形不大相同，現在，將一個活人的頭切下來，卻可以不造成死亡。既然沒有死亡發生，那又怎算是謀殺？」

我陡然一呆，乍一聽得奧斯這樣講，我還有點不明白那是什麼意思。

但是我隨即明白了。

我在那剎間，想起了那隻猴子頭！

教授的意思，十分容易明白：一個人頭，沒有身子，一樣可以活下去的。

這正如他所說，在他的行動中，根本沒有死亡，那麼，又何得稱之為謀殺？

我實在沒有別的話可說，因為我們現在要談論着的事，是如此違反我們幾乎是與生俱來的觀念！

過了好一會，我才有氣無力的問道：「那麼，你終於答應他們了？」

可是教授卻又搖了搖頭：「沒有。」

「為什麼？」我再問。

教授站了起來，來回踱着步，忽然，他定睛看着他自己的雙手，自言自語：「上帝的手可以創造生命，改變生命，我不是上帝，怎能這樣做，我怎能？」

我也斬釘截鐵地道：「是的，你不能！」

我卻不想奧斯去挽救A區主席的性命。

他的承繼者，未必不是一丘之貉，但是一個獨裁者死了之後，內部必會引起一連串的內鬨，在那種情形之下，至少要有好幾年，他們不會威脅到世界和平。

也不要以為我是一個以保衛世界和平為己任的人，我當然不是那樣的「偉人」，我只是替自己着想，我、巴圖和奧斯教授三人，只有一線生存的希望，我以為這個希望，就是他們內部產生大混亂。教授震了一震，坐了下來：「他的生命大約只有四十小時。『靈魂』曾說，只要他一死，就用最殘酷的方法對付我。」

我苦笑了一下：「不但對付你，他也會用同樣的方法對付我，但是我們仍不可答應，教授，你的失蹤已然宣揚了開去，國際上會造成一種有力的聲援，他們不敢將你怎樣。」

教授搖頭道：「你錯了，一份聲明書發出，說我自願留在A區。」

從奧斯教授的話中，我可以知曉他的心中亂得可以，不知道應該答應好，還是不答應好。

過了片刻，他又道：「『靈魂』說，如果我的手術成功了，那麼我立即就可以獲得自由。」

我冷笑道：「他的所謂自由，就是乾脆將你殺了。」

教授又再度默不作聲，就在這時，囚室門打開，那四個鐵砂掌的好手，又走了進來，最後進來的是「靈魂」。

「靈魂」充滿怒意地向我望了一眼，先並不講話，過了好一會，才道：「你們全知道，我的權力極大，軍隊方面的許多將領，都對我心懷怨恨，但是，只要主席一日在世，他們都敢怒不敢言。」

我不知道他對我們講出這種實情來，是什麼用意。「靈魂」停了半晌，才又道：「也就是說，主席一死，整個特務系統，一定會在一次軍事政變中垮下來的，也就是說，我完了。」

「靈魂」又望了我片刻：「兩位，現在我對你們所說的，是真正的肺腑之言。我一直將主席重傷的消息瞞着，已瞞了三個多月，現在已瞞不住了，甚至已有謠言說主席逝世，我必須挽救主席的生命，如果不能，那麼我就只好趁我還有權力之際，迅速發動一場大規模的戰爭。」

「靈魂」的面色鐵青，他續道：「你們明白大規模戰爭的意義麼？那是核戰爭。」

我失聲道：「你瘋了，你發動核子戰爭，必然遭到核子報復，那對你有什麼好處？」

「有好處的，我準備接受核子報復，世界上一大半人，會因之死亡，核子戰爭無所謂戰勝國和戰敗國，幾天下來，殘剩的人會迫不及待地想活下去，我當然不會死，而在那樣的情形下也不會再有人來和我爭權奪利。」

「靈魂」的氣息有些急促，他道：「可是別以為我願意這樣，我必須這樣做，我不能失去權力，不能落入政敵手中。教授，這全看你是不是肯動手術了！」奧斯教授發出了一下呻吟聲來。「靈魂」又道：「你不肯答應，無非是因為怕事成之後，我要滅口，但是你們只管放心，我根本不需要你們保守秘密！」

我冷笑道：「你希望這消息傳出去，說你們主席的頭，是裝在另一個人的身子上？」

「靈魂」道：「是的，你們幾個人，知道這件事真正內情的，可以逢人便說，可以召開最大規模的記者招待會，宣布你們所知道的一切，但是我卻仍然十分放心，因為絕不會有人相信你們所講的話！」

我呆了一呆。

的確，「靈魂」講得十分有理。

A區主席沒有公開露面已有幾個月了，在最近的半個月中，全世界有着各種各樣的揣測。但是揣測，只不過是揣測而已。

如果日後，A區主席忽然又露面了，我們對人說，這個主席是人造的，他的身子被換去了，他剩下的只是頭，僅僅一個頭而已。

這樣的話，有誰相信？

如果我們舉行一個世界性的記者招待會，那我們所博得的，一定是一場哄笑，而且，我們一定會被目為神經病！

「靈魂」看到我和奧斯都不出聲，他才道：「你們應該放心，你們該確信你們的安全不成問題，我再給你們三小時的時間去考慮。三小時，實在不能再拖下去了！」

他話一講完，也不等我們的回答，便一揮手，由那四個高手簇擁着，走了出去。

而他一走出去之後，「砰」地一聲響，囚室的門又已關上。

奧斯立即向我苦笑了一下：「『靈魂』的話，聽來倒十分有理由。」

我看到奧斯有點心動，我也無法否認「靈魂」的話，聽來的確相當有道理。

奧斯又道：「他說得對，他絕不能失去權力，如果他知道非失去權力不可，那麼，他一定會毫不猶豫去發動一場核子戰爭！」

我沒有別的話可說，我只好道：「可是，教授，你還得估計一點，那便是：即使你答應了，但如果你的手術失敗的話——」

我講到這裏，便停了下來，望定了他。

奧斯教授又來回地踱起步來。

奧斯教授走了幾步：「靈魂曾給我看過名單，我覺得，在那些助手的幫助下，我的手術，幾乎不可能失敗。」

我嘆了一口氣：「那麼，教授，我只有一句話好說了：祝你成功。」

奧斯苦笑了一下：「衛，你不會以為我去挽救一個大獨裁者的性命，是一件十分有違良心的事情吧？你會麼？」

我緩緩地搖着頭，我的動作十分緩慢，因為我的心頭十分沉重，在那一剎間，我實在想起了太多事。然後，我才道：「你說得對，『靈魂』會作極其瘋狂的垂死掙扎，你不得不去挽救那個大獨裁者，可以說，也是挽救了世界上的一場浩劫。」

奧斯鬆了一口氣：「多謝你這樣想，我請你不要離開我，我需要你給我精神上的支持。」

我苦笑道：「這要看『靈魂』的安排。」

我的話才一出口，便聽得「靈魂」的聲音，自屋角傳了出來：「我絕對可以使你們在一起，教授，你的決定聰明。衛斯理，你也證明了是聰明人！」

「靈魂」的人並沒有進來，他的聲音，通過了隱藏的傳聲器傳來。

我和教授，都不出聲，接着，囚室的門打開，「靈魂」走了進來：「教授，謝謝你肯幫忙，我立即便去召集你的助手，和準備一切，你要先休息一下？」

奧斯教授有點近乎粗暴地道：「不要，什麼也不要，我只要酒，給我一瓶威士忌！」

「靈魂」搖頭：「你即將進行一項最複雜的手術！」

「那麼，一杯也好，我需要酒！」奧斯高叫着。

「靈魂」沒有再反對，他道：「好的，那麼，請兩位跟我來。」

我們跟在他的後面，走出了囚室，我道：「巴圖的傷勢怎樣了？你的目的已達，他應該受到極其良好的待遇，才是道理。」

「你放心，他的待遇一直極好。」「靈魂」帶着我們來到了一具升降機之前，升降機又將我們帶到了一間華麗得使人幾乎難以相信的房間中。

「這是主席的休息室。」「靈魂」介紹着，一面拉動了一根有絲穗的叫人鈴。

三十秒鐘之後，就有兩名俏麗的少女，在紫紅的天鵝絨帷幕之後出現，「靈魂」吩咐道：「兩杯上好的威士忌，招待一級國賓。」

那兩名少女立時退出，不一會，便推着酒車走進來，來到了我們的面前，替我們倒酒。這是兩名極其美麗的少女，但是看到了她們，卻使人想起了機器人，或是櫥窗中的塑膠模特兒。因為她們雖然美麗，但是缺乏了人應有的生氣。

教授舉起杯子，一飲而盡，而且立時奪過了酒瓶，再倒了一杯。

「靈魂」也並不干涉他。他不斷地通過一具小巧的無線電對話機下達命令。

在他下達的諸項命令之中，給我印象最深刻的是其中的一項，他調了一師的特務部隊，來固守七〇三二地區，命令還特別提及，沒有他的手令，即使是副主席，也不准通過！

「靈魂」擁有如此的權力，但是他還是怕主席一旦歸天，他的權力便會不保。

奥斯連盡了三杯酒，「靈魂」才將酒瓶自他的手中，奪了下來：「一切全準備好了。」

他講到這裏，頓了一頓：「我們已答應那人，在你施行手術之後，一有適當的身體，便將他的頭搬過去，他表示自己的身體，能和主席偉大的頭部連在一起，而感到極大的榮幸！」

奧斯站起身來。

「靈魂」又道：「手術要進行多久？」

「至少要三十小時。」

「那麼，多久可以復元？」

奧斯教授道：「如果沒有意外，四十天左右，和常人一般無異。」

「靈魂」吸了一口氣：「你必須成功！教授，你必須成功。」

教授冷冷地道：「別以為我想失敗！」

「靈魂」向外走去，我們在後面跟着。

在經過了一條迂迴曲折，又長得使人有點覺得不耐煩的通道之後，我們終於來到了一扇門前，推開了那扇門，我們置身在一個極其宏偉美麗的大廳中。

這個大廳，我一點也不陌生，因為A區主席，經常在這個大廳中召集部下訓話和接見國賓。

穿過了宏偉的大廳，來到了另一個走廊，從這個走廊，可以望到「王宮」的大門。而這時，「王宮」的大門口，顯然正有不平常的爭執發生。

四輛滿載軍人的卡車，停在「王宮」的門口。車上的軍人穿着另一種制服。在那四輛卡車之旁是許多穿着禁衛軍制服的軍人。

禁衛軍顯然是在對那四輛卡車上的軍人，作一種包圍，但是雙方都還沒有動作，而且，也都保持着沉默，只有一個沙啞的聲音，在大聲叫嚷着。

發出那嘶啞的叫聲的，穿着金碧輝煌的將軍制服。

氣氛緊張，連距離大門還有數十碼的我們，也可以感覺到。「靈魂」才一出現，便有幾個高級禁衛軍軍官，向他奔了過來，一位上校舉手敬禮：「報告首長，空軍司令要覲見主席。」

「靈魂」的面色，十分難看，但是仍然鎮定：「召集第一〇〇一部隊。」

那上校沉聲道：「已經召集了。」

「靈魂」道：「好，你做得很好。」

他一面說，一面又向外大踏步地走了出去，我和奧斯跟在他的後面，當我們離開大門口，還有二十碼左右之際，正在對兩名禁衛軍軍官大聲嚷叫的空軍司令，便住了聲。

他一住了聲，氣氛便變得更緊張。

第十一部

秘密醫院

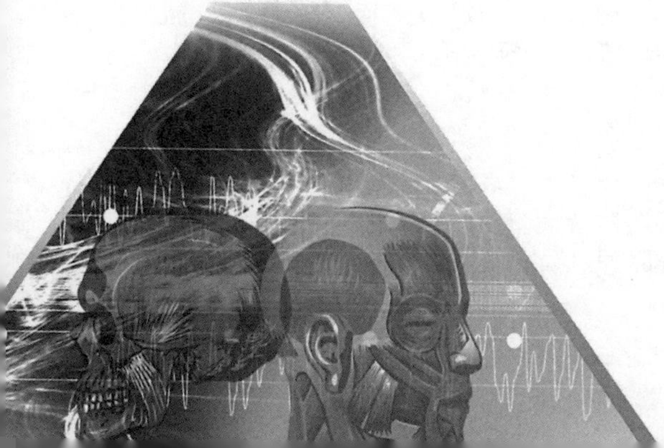

每一個人都屏住了氣息，那空軍司令是一位上將，身形高大，但是他對矮小的「靈魂」，卻十分忌憚。

「靈魂」顯然也看出了這一點，是以當空軍司令的聲音靜下來以後，他向外走去的腳步，反倒慢了下來。

而就在就時，一陣汽車聲傳來，有六七輛汽車，在王宮面前停下，先從那些汽車中出來的，是十來個衛兵。

後來，便是另外兩個穿着將軍制服的人，和幾個神情嚴肅的官員。

直到看到了那些人，「靈魂」的腳步才加快了，他一面向前走着，一面大聲道：「陸軍司令，你可有奉主席的召喚。」

一位才從汽車中下來的將軍，在衛兵的簇擁下，加快了腳步，來到了王宮門前，他和「靈魂」相遇，伸手和「靈魂」握了握：「沒有，但是一〇一部隊出動了，我身為司令官，當然要趕來現場的！」

「靈魂」點頭道：「很好！」

他立即又轉向另一位將軍，和那幾個官員，臉上故意裝出一副訝異的神色來：「咦，作什麼？主席發出召開國務會議的命令？」

那幾個人的神色，相當尷尬，他們還未曾回答，空軍司令便已大聲嚷道：「我們要見主席！」

「靈魂」趕到門口，才只不過短短的兩三分鐘，但是我已然看出他處事的精明和厲害了，他竟直到此時，才望向空軍司令！

而空軍司令，分明是這件事中的要角！

「靈魂」一面望向海軍司令，一面冷笑着：「各位，政體改變了嗎？」

陸軍司令大聲道：「沒有！」

他顯然站在「靈魂」這一邊，而且他的話也十分有力，有兩個官員（其中有一個好像是宣傳部長）也齊聲道：「沒……沒……沒有。」

「靈魂」冷冷地道：「那麼，未奉主席的召喚，空軍司令，你有什麼權要見主席？」

空軍司令的面色變了一變，「靈魂」根本不給他有講話的機會，立時又疾聲道：「而且，你還帶了四車軍隊來，目的是什麼？想發動軍事政變？」

空軍司令的額上，冒出了汗來，他大聲道：「車中全是優秀軍官和優秀戰士，主席必須親自頒發勳章。」

「你有接到命令？」

「沒有，可是，」空軍司令變得更大聲：「我們是主席的部屬，我們擁戴他，我們要見他。」

在接着趕到的人中，一定有人是空軍司令事先約定前來的，但這時，卻沒有人出聲。

「靈魂」冷笑着：「空軍授勳，挪後些日子，那算得什麼？」

空軍司令四面望着：「我要見他，我一定要見他，你不能處置我。」

「沒有人要處置你。」「靈魂」將他的聲音，放得十分柔和：「可是，你應該休息一下，緊張的國防工作使你失常！」

在空軍司令身後的四名空軍軍官，立時拔出了槍來，可是，他們的槍才一拔出，「砰砰砰砰」四下槍響過處，四名空軍軍官，一起倒在血泊之中了。

「靈魂」來到了空軍司令身前，一伸手，將空軍司令的佩槍摘了下來道：

「你應該休息了，真的，你需要休息！」

空軍司令的臉色灰白，正在這時，另一名軍官拿着一疊文件，奔了過來，奔到了「靈魂」之前：「首長，這是全國空軍基地政治人員的報告。」

「靈魂」打開文件夾來，翻閱了一下，又搖着頭：「司令，請跟這位上校去吧！」

一名上校立時走了過來，和四名禁衛軍，一起擁着空軍司令，走進了王宮。

當空軍司令在我的身邊經過的時候，我知道，從此之後，我將再也見不到這個曾經顯赫一時的人物了。

而「靈魂」則若無其事地道：「各位請回去，據我知道，主席不想見任何人，在短期內，他絕不會見任何人，他正在處理一件極偉大的工作！」

他講完之後，也不理會這些大官和將軍，便邀我們上車，那是一輛極華麗的車子，轉眼之間，便已在街上風馳電掣，向前駛出，「靈魂」到這時，才道：「你們看到了？」

我點頭道：「我看到了，但是，不到十分鐘，你就平定了一項叛變。」

「靈魂」忽然嘆了一口氣：「你把事情看得太容易了，你也不能體會，剛才，我的生和死，實在只是一線之隔。」

奧斯教授冷冷地道：「任何人的生和死，都只是一線之隔。」「靈魂」苦笑道：「並不盡然，我的處境特別兇險，剛才陸軍司令站在我一邊，但是我如果繼續不讓他們看到主席，那麼，或許陸軍司令便不會站在我的一邊了。」

我笑道：「你何以肯定他們不會叛變主席？」

「那倒可以放心，一切的大權，全操在他的手中，而且，他已成了一個不可推翻的偶像了。」

我和奧斯互望了一眼，並沒有再出聲，「靈魂」也大有疲態地閉上眼睛。

車子在向前飛駛着，街道仍然是整潔而冷清，看來像是一幕幕巨大的電影佈景。

我注意着兩旁軍隊的數量，在轉過了一個彎，車子駛進了一條兩旁全是大樹的筆直大道之後，兩旁站崗的軍隊，多了起來，士兵遠比兩旁的樹木為多。

「靈魂」的車子直駛向前，最後，到了一個檢查站之前，好幾個高級軍官一起奔過來，向「靈魂」行禮，一個軍官報告道：「首長，一切都照你的命令，沒有人曾接近過這裏。」

「靈魂」冷冷地道：「通過國家安全局，宣布為了特殊的國防原因，這裏在連續的幾個月中，將成為禁區，任何人不得接近，空軍副司令的電話接通了麼？」

另一個軍官忙道：「他等你許久了！」

「靈魂」伸出手，那軍官一招手，另一名低級軍官連忙捧了一具電話過來，「靈魂」抓起電話，便道：「倫將軍，恭喜你，你升職為空軍司令了。」

電話的那邊，傳來了一連串感激的聲音。

「命令由主席親自簽署，」靈魂繼續道：「過兩天，便可以向全世界發表，祝你好運！」

「靈魂」放下了電話，揮了揮手，車子又繼續向前駛出去。

我看看這種情形，忽然想起一句話來，現在我知道「挾天子以令諸侯」是怎麼一回事了。

剛才「靈魂」說將副司令升為司令的命令，由主席簽署，那是十足的鬼話，我到了這時，總算明白「靈魂」何以這樣不想主席死去的原因！主席實在不能死，主席一死，他什麼都完蛋，他將成為一個一無所用的人！

在我這樣想着的時候，一幢極宏偉的、純白的建築物，已出現在眼前。那條筆直的路，直趨向那幢建築物，而那幢建築物，造在一個三面環山的小山谷之內。我可以清晰地看到，在山坡上有着高射炮基地。

而那建築物之前，整列整列的士兵，全在作戰狀態中。

我從來也未曾看到一幢建築物，受到如此嚴密的保護，當車子漸漸駛近之際，奧斯低聲道：「他就在這裏，上次我就在這裏見到他。」

我自然知道奧斯口中的「他」是指什麼人而言，在這樣的情形下，我也不禁緊張起來。

當車子來到了離建築物約有六十碼之際，有一個檢查哨站，我們所乘的車子，在檢查站前，慢了一慢，在檢查站前的幾名軍官和士兵，一起舉槍為禮，一名少校揮手，示意車子通過。

車子駛過了檢查站，但是「靈魂」立時道：「停車！」

他的車子一停，幾名軍官一起奔了過來。

「靈魂」冷冷地道：「這個檢查站，是誰負責的？」

「報告首長，是我！」那少校立正，敬禮。

「靈魂」接着道：「你被捕了，罪名是失職！」

那少校舉起的手，還未曾落下來，一聽得「靈魂」這樣説，整個人都呆住了，臉色變得比灰還白，「靈魂」的六名衛士中的兩個，立時從車上跳了下來，執住了那少校的雙臂。

其餘的軍官，全部面無人色。

「靈魂」厲聲道：「任何人要通過這個崗站，都需要檢驗特別通行證，何以你拒不執行我的命令？」

那少校爭辯道：「可是……可是通過崗站的是你，是你啊！」

「你是個地道的蠢豬，剛才車速是每小時三十哩，現代的易容術和化裝術，要打造一個和我一樣的人，輕而易舉，你就能不憑特種證件，肯定是我麼？」

那少校的身子開始發起抖來，在「靈魂」如此嚴厲的責斥之下，他無話可說。

而他身上的佩槍，也早已被「靈魂」的衛士繳下，一小隊禁衛隊員，跑步趕到，將那位剛才還威風八面的少校帶走了！

如果我第一次看到這樣的情形，我一定要替那位少校不值了，但是在半小時之前，我剛看到空軍司令的下場，也和那少校一樣，我的心中，當然也不會有什麼震驚之感了！

「靈魂」又向其餘幾名軍官望了一眼：「複述命令。」

那幾個軍官，立時像機器人一樣地立正，齊聲道：「任何人想通過，都必須呈驗特種證件！」

一個上尉，想是想出人頭地，在講完之後，踏前一步：「首長，請你將證件交給我，用特種紫外光來檢驗。」他一面說，一面伸出手來。

可是，「靈魂」卻自車中伸出手去，「叭」地一聲，在那上尉的臉上，打了一個耳光，罵道：「你是另一隻蠢豬，現在還不知道我是誰？」

那上尉僵立在那時，一動也不敢動。

我真替那個年輕人難過，他怎樣才能使自己再開始動，我不知道，因為車子已然立時向前駛了出去，在建築物前，停了下來。

我們一起下了車，由「靈魂」帶着走進去。才一進大門，我就聞到了一股醫院特有的氣味。

這當然是一座醫院！

醫院中看不到醫護人員，到處全站着禁衛軍，我們直來到了升降機前，「靈魂」才對教授道：「有關人員全在會議室中等候，希望手術可以立即進行。」

奧斯教授搓着手：「在會議室中的專家，和你提供給我的名單一樣？」

「是的，都是第一流的外科醫生！」

我忽然問道：「你的意思，他們在事後，也安全？」

「靈魂」冷冷地道：「你問得太多了，而且，我想，你也不必參加他們的會議，對麼？」

我在「靈魂」那種陰森可怕的語調中，有十分不祥的預感，我立即伸手碰奧斯教授，意思是想奧斯教授堅持要我參加他們的會議，由於「靈魂」需依靠奧斯教授，是以我和教授在一起的話，至少暫時安全。但是，或者是由於奧斯此時的精神，已然在極其緊張的狀態之中，又或者他並不是過慣冒險生活的人，沒有足夠的機警來體會我碰他的意思。

他只是回頭向我略望了一眼，繼續向前走去。

「靈魂」卻反而已看出我的用意了。

他對我發出了一個不懷好意的陰笑，向他身後的兩個衛士揮了揮手。

那兩個衛士一定跟隨着「靈魂」許多年，「靈魂」一揮手，那兩人便已知道什麼意思，立時踏前一步，一左一右，將我挾往。

我想張口大叫，但是「靈魂」卻已先我一步：「教授，你即將參加會議，而且立時要施付手術，我和衛斯理都不來打擾了，請你直向前去，你看到前面的那位老者了麼？他便是我們醫院的院長。」

那時，那位醫院的院長，已向前迎了上來，奧斯不知是不是曾和他相見過，但是至少，他們相互慕名已久。

是以，他們相見的情形，十分融洽，而且，他們兩人立時走進了會議室之中。

「靈魂」望着關上的會議室門，長長吁了一口氣，轉過頭來，他的臉上，有着十分輕鬆的神情，他向我一笑：「你看，不論你如何破壞，我的計劃還是成功了！」

他這樣講，令得我感到十分氣憤。

可是他卻還不知足：「現在，你該明白了？沒有人可以阻擋我，我將永遠維持我的權勢，沒有人可以勝過我。」

我冷笑一下：「如果手術失敗了呢？你忘記你求教授動手的時候那副可憐相了？」

「靈魂」臉上得意的神情，立時消失，他惡狠狠地望着我：「每一個人都有不喜歡人家提起的事情，一個聰明或是有教養的人，就不會故意提起！」

我明知我這時的處境，極其不妙，我完全在「靈魂」的勢力範圍之內，但是我的脾氣，卻又逼得我非去頂撞他不可。

我突然笑了起來：「這就是所謂怕人揭爛瘡疤！事實上，你只是一個可憐的小丑，一個影子，想想看，如果你主人的頭部，不能移植到另一個人的身上，那會出現什麼結果，你想想看！」

震驚和憤怒，令得他的動作粗野起來，他發出極難聽的咒罵聲，一個箭步，向我直竄過來，舉手便摑！

「靈魂」的身形，十分矮小，以至於他若是想打一個正常身材的人的耳光，手臂便必須伸得十分直。而為了表示他的權勢，或是掩飾他身形矮小的自卑感，他特別喜歡打別人的耳光。

我自然不會被他打中，在他惡狠狠地向前撲過來之際，我向後一仰，一翻手，五指如鉤，已然將他的手腕拿住。

我一擒住了他，他立時便知道自己犯了錯誤，他一面用力地掙扎着，一面發出了可怕的怪叫聲，他的幾個衛士，立時向前衝了過來。

但是我的左手扭住了他的右臂，右手早已將他腰際的佩槍，拔了出來。

當我開始注意他那特大的佩槍之際，我還只當那是一種威力特強的德國軍用手槍，但是，當我這時，將這柄槍搶到手中之際，我不禁大喜過望！

那是一柄火箭槍，它可以發射九枚強力的火箭，那麼一件有用的武器，落到了我的手中，那無論如何，是一件值得高興的事！

我一拔槍在手，便立時揚了揚。

可是我的動作，卻並不能喝阻「靈魂」的衛士，他們仍然向前撲來，六人繞到了我的身後，已然將我圍住，我只得將火箭槍對準了「靈魂」：「你想想，如果我發射，會有什麼結果？」

「靈魂」厲聲道：「你將成為蜂巢！」

我「哈哈」笑了起來：「首先，你的上半身消失，而且，也沒有什麼手術可以使你復活，你將死不得全屍！」

「靈魂」不出聲，我道：「下命令叫你的衛士退後！」

「靈魂」喘了口氣，揮手道：「好，你們退後去，你們退後去。」

那六個衛士簡直不是人，而是聽從命令的機器，「靈魂」一揮手，他們便一起退了開去，我一看到我身後已沒有人，便拉着「靈魂」，疾退出去，那是一條走廊，我迅速地穿到了走廊的另一端，轉進了另一條走廊之中。

我一轉了過去，那六名衛士，看不到我，我回頭看去，那走廊中還有十幾名士兵站着，但是那十幾名士兵，顯然不知道發生了什麼事。

我這時的念頭：我必須逃出去，必須！因為我感到「靈魂」不可能會放我安全離去！

我在想的，只是我如何離去。

我是不是應該一直帶「靈魂」呢？看來我應該這樣，因為這樣的話，我就可以有恃無恐。

但是如果我這樣的話，我卻又將成為無數軍警追捕的目標，這當然不是好辦法！

我拉着「靈魂」，又向前走出了幾步，旋開了一扇門，那是一間雜物儲藏室，我深深地吸了幾口氣，使自己鎮定下來。

「靈魂」沉聲道：「你沒有機會，你一點機會也沒有，絕對沒有！」

我本來也感到自己的機會，微乎其微，但是人家這樣講我，我卻不服氣，我回答道：「我的機會太多了，『靈魂』先生，在這所醫院中的所有人，一定都奉到命令，保持紀律，維持肅靜，你的衛士雖然知道你被擄了，但是他們也必然不敢通知軍警，這件事傳出去，會影響你的政治生命。」

第十二部

只剩下頭部活着

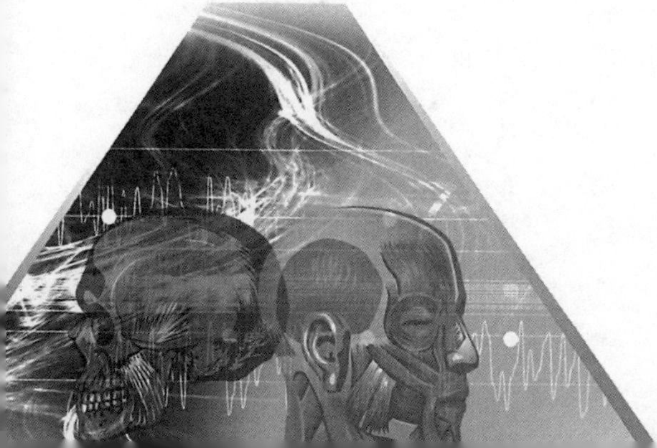

「靈魂」面色難看，一聲不出。

我笑了起來：「所以我有極大的機會逃出去！」

我一講完這句話，便立即揚起了我手中的火箭槍來，將槍柄重重地敲在他的後腦上。他的身子像是浸了水的油條一樣軟下來。

我伸手在他的衣袋中摸索着，找到一本藍色的小本子，那小本子只有幾頁空白的硬紙，看來沒有什麼用處。

但是，正當我想將之順手棄去之際，我想起「靈魂」在醫院門口作威作福時，曾提及進出醫院的人，都必須呈驗一種由紫外線檢查的特別證件，我相信這就是了，於是收了起來。

我又在他的身邊，取到了另一些有用的東西，和相當數量的錢鈔，然後，我在他的後腦上，再加上一擊，我估計這兩擊，他至少要昏迷三小時之久！

我將他塞進了一大堆待洗的髒牀單之中，在那裏，不會有什麼人發現他。

然後，我將那扇門打開了一道縫向外看去，一看之下，我不禁吃了一驚，只見那六個衛士中的兩個，背對着我，就站在門前！

他們顯然在秘密地尋找着「靈魂」。

我連忙將門輕輕的關上，這種情形，雖然令我嚇了一跳，但是卻也使我十分欣慶，因為正如我所料，那六個衛士，並不敢將事情鬧得全院皆知！

我將門關上之後，又將之鎖上，然後，後退了幾步，踏在雜物上，攀上了一扇氣窗。

那氣窗是通向另一邊走廊的，那條走廊十分短，盡頭處是一扇門，而在那走廊的口子上，卻豎着一塊警告牌，上面寫着：任何人不經特別准許，不准接近。

在那塊警告牌之前，有兩名手持卡賓槍的兵士守衛着，他們離我，最多不過四碼。

但是，他們是背對着我而立的。

而且，他們只是站着一動不動，我等了約兩分鐘，便開始行動。

我的身子，慢慢地從氣窗中擠出來。

我必須十分小心，小心到一點聲音也不發出來的程度，身子幾乎一寸一寸地從那氣窗之中擠出去，等到我的身子，終於全擠出了氣窗，我的左手拉住了氣窗，然後，手一鬆，身子向下沉。

在將要落地之際，我身子屈了一屈，落地時的彈性增加，沒有聲音發出。

那兩位士兵，仍然背對着我，站着不動。

我面對着他們，向後一步一步地退去，那條走廊只不過十碼長，我很快便退到了盡頭的那扇門前，我反手握住了門球，輕輕地旋轉着。

那門居然沒有鎖，我輕輕地旋着，已將門旋開了！

我連忙推開門，閃身進去，又將門關上，總算逃過了那兩個衛兵，大大地鬆了一口氣，雖然我不知道自己到了什麼地方，但是我卻至少已獨自一個人，可以仔細考慮一下逃亡計劃了！

然而，就在這時，我的身後，忽然響起講話聲。

我還未曾轉過身來，心中以為暫時安全，背後忽然有人講話，我的狼狽可想而知。

一時之間，我幾乎僵住了，連轉身也在所不能！

而在我身後發出的聲音，卻以一種十分不耐煩的聲調道：「什麼時候開始，我還要等多久？」

等我定下神來，聽得他講的是這兩句話，不禁呆了一呆，因為，我實在不知道那是什麼意思。

而那人卻一直在重複着這兩句話，他不住地在問我：「我要等到什麼時候？」

我緩緩地轉過頭來，那是一間陳設十分簡單的房間。

那房間幾乎可以說沒有窗子，光線相當幽暗，它只有四扇五寸高，三寸寬的氣窗。

那個和我講話的人，他坐在一張單人牀上。他雖然坐着，但是可以看出他是一個身形高大的男子。

他穿着一件病人穿的白衣服，頭剃得精光，連眉毛也全剃光！

一個頭髮和眉毛全剃得精光的人，看起來自然十分滑稽，我望向他，他也似乎覺得有點不對。

我們兩人對望了片刻，我拚命在想：這人是誰？他是什麼身分？

但是我卻想不出他是誰來，然而他既然是住在守衛森嚴，非經特別許可，不准擅入的地方，應該是十分重要的人物。

然而，從這間房間的陳設，以及他所享受的待遇來看，他顯然又不是受重視的人物！

我正想出聲相詢時，他已然道：「你，你是誰，你不是醫生，是不是？」

我搖了搖頭：「我不是醫生。」

那人嘆了一口氣：「原來還沒有開始，還要我再等下去？」

他一面說着，一面臉上現出了一個無可奈何的苦笑來。我心中的好奇心實在到了極點，是以我忍不住的問道：「你是在等——」

我只問了四個字，便突然停了下來。因為我發現那個人精神恍惚，根本沒有集中精神來聽我的講話。

接着，他伸手在摸他自己的脖子，在不斷地摸着，而也在那一剎間，我的心頭陡地一亮，我完全明白他是什麼人了！他就是「那個人」！

他的頭將被切下來，他的身體，經由手術和主席的頭連結在一起，供給主席的頭部以繼續活下去的力量。

而他自己，則將只剩下一個頭，而失去了他的身體！

一想到這一點，不禁機伶伶地打了一個寒顫，我向前走了兩步，將一隻手放在他的肩頭之上，他像是觸電也似地抬起頭來望着我。

我盡量將自己的聲音放得柔和，因為我認為他是世界上最可憐的人，我問他道：「你等得有點不耐煩，心急了，是不是？」

他卻連忙否認：「不，不。」

我苦笑了一下，指着他的頭，又指着他的身子：「你是自願的麼？」

他又道：「當然，是我……自願的。」

我嘆了一聲：「那麼，你知道你自己將只剩下什麼？」

那人的面色，在陰暗的光線下，變得可怕地蒼白，他道：「我知道……我知道……但是首長説，我還會活着，是麼？我會活着！」

我在剎那間，實在不知道講些什麼才好，我的喉間，像是有一大團泥堵着。

我呆了好久，才道：「是的，你將活着，這一點我倒可以保證。」

我的確是可以保證的，因為我看到過那隻獨立生活的猴子頭。

那人鬆了一口氣，我立時又道：「但是，只剩下頭，活着，又有什麼用呢？」

他喘起氣來：「那總比死好，我實在不想死，我真的不想死！」

我搖頭道：「你的想法不對，你如果不想死，你大可不答應這件事，你若是不答應這件事，我想他們是不能將你怎樣的。」

他吃驚地望着我，像是從來也沒有想到過這件事一樣，然後，他突然問道：「你，你是什麼人？」

我道：「我是一個外來者。」

他的身子在發抖，但是他終於強自鎮定了下來，道：「你怎樣進來找到我的？據我所知，我受着極嚴密的保護。」

我搖頭道：「這講起來太長了，你還未回答我剛才的問題。」

他突然笑了起來：「你的問題太天真了，身體強壯，條件適合的人，並不是只有我一個人，我如果不是『自願』的話，我就會立時被槍決，而直到有人

『自願』為止。」

他說完了之後，又低下頭去。

他的確是一個十分強壯的人，但是他這時低頭坐在牀沿的樣子，卻使我聯想起一隻頸際的毛已被拔去，而另一旁又有一鍋滾水準備着的雞！

我道：「那麼你準備接受這種悲慘的命運？」

那人攤了攤手：「還有什麼別的辦法？」

我不說話，他也不再作聲，房間中突然靜了下來，我的心中，突然起了一個怪異的念頭，這個人雖然被嚴密地看守着，但是，似乎根本沒有人去注意他究竟是什麼人，而且，當一個人的頭髮和眉毛，全剃去之後，每個人的容貌，看來都十分接近。

那人和我，本就有三分相似，如果我也將頭髮眉毛，一起剃去，那麼，我就可以變得看來和他十分相似。現在，我無法逃出去，只有一個辦法，可使我脫險：冒充他！

這種逃亡的方法，有點像《基度山恩仇記》中的逃獄法，危險，但也是唯一方法。

奧斯教授和專家們開完了會後，自然首先要將那個人的頭切下來，他會被帶離這間房間，放在牀上推出去，在推他出去之時，如果我冒充他的話，有機會逃走！

我想了約三分鐘，才問道：「你的頭髮和眉毛，剃得如此乾淨，有人天天來替你剃？」

「不，」那人搖着頭：「我自己動手，已將近三個月了，我沒有別的事好做，我每天都不斷地剃着頭髮、眉毛和鬍子，他們吩咐我這樣做。」

他一面說，一面指着另一扇半開着的門。

那扇門既是半開着的，我自然早已注意到，門內是一間浴室。

我明白了他的意思，他剃頭的工具，就在那間浴室之內，我向他走近一步，突然之間，我一拳擊向他的頭部，他的身子向後一仰，我倒未曾料到他個子那麼大的，卻是如此容易被擊倒！

當他的身子向後一仰之後，我立時提起他的身子來，這時他已昏過去了！

我又補擊了一拳，然後，迅速的除下他身上的那件白衣服來，換在我自己的身上，又將他的身子，塞進了那張單人牀下。

我衝進了浴室，在不到十分鐘之內，就將我自己的頭髮、眉毛剃了個精光，當我照着鏡子的時候，我自己也不禁笑了起來！

因為我看來和那人太相似了！

我知道，由奧斯教授主持的會議，既然已開始在舉行，那麼，我也不必等太久，一定會有人來找我的。

我估計沒錯，只等了四十分鐘，便有腳步聲傳來，我坐在牀沿上不動，盡力摹仿着那人的姿勢。房門未被敲打，便被推了進來。

我學自那人的聲音：「我還要等多久？」

進來的四名醫生，走在第二位的，居然是奧斯，在那一剎那間，我真怕奧斯認出了我來，但是他並沒有認出我，他直來到我的面前，替我作了簡單的檢查。

我的手中一直握着那柄火箭槍，那件白衣服十分寬敞，即使在奧斯教授替我檢查之際，我要隱藏那柄火箭槍，也不是難事。

我並沒有出聲，因為這時，我自己的心中，也十分混亂，我還沒有一個具體的行動方針。

現在，我當然已可以破壞「靈魂」所安排的一切，但是，破壞了這一切之後，必然引起可怕的結果，包括「靈魂」所威脅的，發動核子戰爭在內。

奧斯檢查了我十分鐘左右：「這是一個完美的身體，我可以做得成。」

和他同行的三位醫生道：「那麼，可以開始了。」

奧斯教授道：「是的，通知冷藏系統準備，我們先要將他的體溫，冷到冰點以下，然後，才可以取得他完美的身體，主席的身子同樣要冷藏，一切都將在低溫中進行。各位，我需要你們通力合作！」

一聽得奧斯這樣講，我嚇了一跳，看來如今的形勢，逼得我非採取行動不可了，因為如果我的身子被送進了冷藏系統之後，那麼，不會有反抗的能力！到了我失去了反抗能力之後，我的頭會被切下來，我的身體會被奧斯超凡的手術，去和主席的頭連在一起！

我連忙向屋中退了一步，也許由於我的神色十分緊張，因之一位醫生道：

「對他加強守衛，你看，他的神情顯得他情緒不穩定！」

另一位醫生立時用一具無線電對講機下了一個命令：「快派八名衛士來。」

幾乎只是半分鐘內的事情，在那半分鐘之內，我還沒有想出應該怎樣辦來，八名士兵已然來了。

這時，我極其後悔，剛才為什麼不乾脆殺了「靈魂」！

在事情需要當機立斷的時候，如果還在後悔已經做錯了事，那麼，就會吃虧了。

當時我的情形，就是這樣，在我後悔之際，兩名士兵強有力的手臂，已然勾住了我的手臂，接着，幾乎是突如其來地，一名醫生突然向我注射了一針，那名醫生動作極快，注射針在我的手臂上插了一插，立時拔了出來。

在我瞪目不知所措之際，那醫生已然道：「好了，沒有事了，在以後的幾小時中，你什麼感覺也不會有，但是卻仍是清醒的，手術需在你腦子活動不停止的情形下進行，不然，你的腦子便不能再活動，一切全是你自願的，你不必太緊張。」

我想張口大叫，説明我不是他們早經選定的換頭人，但是，當我想這樣叫的時候，藥力已經發作，我身子的知覺消失。

我像是頭部已被切下來一樣，根本不感到了身子的存在——雖然還可以看到自己的身子。

我已沒有講話的能力，但是腦子十分清醒，清楚地知道即將發生的事情：將被送入冷藏庫，將被切下頭來！

我額上的汗，不由自主，涔涔而出。一名醫生替我抹着，另一名醫生叫道：「奧斯教授，你看！」

奧斯教授轉過頭來，皺着眉頭望定了我，又在我的肩頭上拍了拍：「你放心，你的頭會一直活着，直到你找到一個新身體為止，你絕不會死，也絕不會有什麼痛苦。」

奧斯教授又道：「你緊張，只是害了你自己，手術有一絲一毫錯誤，你就一定活不成！」

我心中苦笑，本來以為扮成了那個換頭人，可以使我有機會混出去。

可是誰想得到結果卻是這樣！

我怎麼辦？我怎麼辦？

不論為人何等機智，這時也一籌莫展，而且，就算我有了辦法，也難以付諸實行，因為我根本不能動！

我寧願一無知覺，那麼，當我恢復知覺時，就算發現我的身子已經不見，也只好接受既成的事實！

如今，我卻清醒地一步一步接近那可怕的事實。

活動擔架牀推了過來，我被抬起，放在擔架牀上，兩個人推着，向前走去，我躺在擔架牀上，拚命掙扎，這是我的生死關頭，只要一被推進了冷藏系統，那就完了！

可是不論我想出多麼大的力道，我卻是沒有一個地方可以略動一動，即使是手指，也一動都不能動。

我唯一可做的事，便是睜大着眼，眼看着我經過一條長長的走廊，一直來到了一扇漆有紅色的字的門前，略停了一停。

在那扇門上，紅漆寫成的字，我看在眼中，更是觸目驚心：「冷藏庫」！

那扇門一打開，一股寒氣，撲面而來，而我全身汗出如漿，是以這股寒氣襲了過來，更加令我覺得寒冷，身子不由自主發起顫來。

一個醫生來到了我的身邊，用毛巾抹着我頭上的汗：「開始時，會因為寒冷而感到極度的痛苦，可以放心，我們會替你注射喪失感覺的麻醉劑，而且，在攝氏零下十度以下，人體對溫度的再低降，也不會有敏銳的反應。」

我拚命轉動着眼珠，希望那醫生可以明白我是竭力想表達些什麼。我的眼球，已是我的身子所能動的唯一地方了。

但是，那醫生似乎一點也未曾放在心上，他替我抹了抹汗，便要走了開去。

也就在這時，奧斯走了過來，問道：「他的情形可好麼？」

那醫生道：「不住地出汗。」

奧斯「噢」地一聲：「他的心情太過緊張，實在難免。」

在奧斯的身後，另有一人接口道：「教授，他神情緊張，會影響手術進行？」

一聽到聲音，我更是一呆。

那是「靈魂」的聲音！

原來「靈魂」已被他們找到了！

奧斯沉聲道：「有影響，但不會十分大。」

「靈魂」道：「教授，你這次手術，只許成功，不許失敗，你何不將他全身麻醉後進行手術？」

「假如那樣，」奧斯回答道：「他就會死。」

「靈魂」有點怒意，他叫道：「就讓他死去好了，只要手術進行得完美就是！」

奧斯的臉，立即漲得通紅：「你這話是什麼意思？我是一個醫生，你認為我是什麼人？是一個劊子手？還是一個謀殺犯？」

「靈魂」道：「可是他……你看他！」

我可以看到「靈魂」的手指，直指我的額頭上來，奧斯教授這時，也向我望了過來，我再度拚命動着我的眼珠。

奧斯教授愕了一愕，他像是發現了有什麼不妥了，他皺起了眉，然後揮手道：「你們全出去，我要和他單獨相對片刻。」

「靈魂」立即叫了起來：「你要把握每一分鐘的時間，你——」

第十三部

變成了換頭人

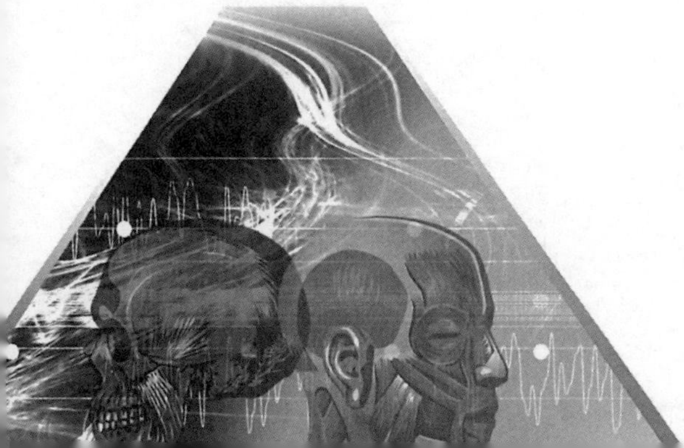

奧斯打斷他的話：「我會把握每一分鐘的，而且，我要使這項手術，變得完美絕倫！」

「靈魂」和另外一個醫生，以及還有幾個人，走了出去，奧斯將擔架車推到了一張椅子之前，他自己在椅子上坐了下來。

然後，只聽得他道：「你別緊張，緊張對你一點好處也沒有，你所受的痛苦，不會比進行一次普通的手術更甚！」

唉，他還沒有認出是我！他還在不住地安慰我。

我拚命地轉動着眼珠，我相信有好幾次，我的眼珠翻得太高，以致我的眼眶中只是一片空白了。

那種怪異的樣子，當然會引起奧斯的注意的。

奧斯嘆了一聲：「你有什麼話要說？事情已到了這一地步，絕不容許你反悔的了，你可以活下去，我向你保證。」

我仍然轉動着眼珠，奧斯伸手，將我的眼皮合上。

這真是要了我的命了，因為我的眼皮，一被合上，我便沒有力道再睜開來，我連轉動眼珠示意這一點，也做不到了！

唉，奧斯啊奧斯，你難道真的一點也認不出我來麼？難道到了手術牀上，你也照樣動手？

我實在沒有辦法可想了，我的一生從來未曾有過如此可怕的經歷，試想，神智清醒地等着人家將你的頭切下來，而且，其結果還不是死亡，而是繼續地活下去！

這實在是一想起來便令人戰慄的事！

我雖然沒有氣力運動身子的任何部分，但是我卻在不受控制地發着抖。

我覺出奧斯的雙手，在我的身上，輕輕的按着，那當然是想令我鎮定下來。

這時，我的心中，又不禁產生了一線希望。

因為「靈魂」的那柄火箭槍，仍然緊握在我的手中。如果奧斯教授一碰到了這柄火箭槍，那麼，他一定會大吃一驚，而且，也會想到那究竟是怎麼一回事。就算他想不起那是怎麼一回事，那麼，我只求他向我多看幾眼，他一定可以認出我是誰來，他會救我！我寧願被「靈魂」投進黑牢之中，也不願活着看到自己的身體和頭部分離！

奧斯的雙手，按在我的肩頭上，然後，順着我的雙臂下移，我的心狂跳，希望他的手動得快些，並且不要半途停止。

我的希望，終於成了事實！

當奧斯教授的左手，碰到了我右手中所握的槍之際，我察覺出他震了一震。

接着，我又覺出，他掀開了蓋在我身上的牀單，拉開了那件白袍，他一定已看到那柄火箭槍了，我可以獲救了，我可以獲救了！

可是，正當我心中狂喜地呼喚之際，我卻聽到了奧斯自言自語的聲音。

我聽得他道：「可憐，竟然想到了自殺，你會活下去，而且，我也一定可以找到合適你的身體，你可以活下去。」

他一面説，一面輕而易舉地扳開了我的手指，將火箭槍取走了！

我的心中，像是被冰水過了一樣的冷，我不知用了多少難聽的話來咒罵奧斯，他是一頭蠢豬，比狗還蠢，他竟不看看那是一支什麼槍，也不想想，一個要被人切頭的人，怎樣有可能得到這樣一柄槍的，他也不向我多瞧幾眼！

我心中唯一的希望幻滅了，難過、驚駭，難以形容。

我想他大概是在猶豫如何處置那柄火箭槍，我也無法估計已過了多少時間，才聽得奧斯叫道：「可以進來了。」

一聽得那句話，我的身子比冰還冷了。

那等於是在宣判我已經完了，不再有任何機會，頭要和身子分離！

接着，我聽得腳步聲、開門聲，以及擔架被推動時的聲音，我又被推向前去，奧斯教授和幾個醫生，跟在我的後面，在討論我的情形。

我簡直已喪失了集中精神去聽取他們談話的能力，在我聽來，他們的交談，就像有數十頭蜜蜂，正在我耳際嗡嗡地繞着飛。

所有的話中，我只聽清楚了一句，那便是奧斯說我的精神不怎麼穩定，但是他又說那不要緊，手術可以依時進行。

當擔架牀又再度停下來之際，我的神智，略為清醒了些，在那時，我又聽到了「靈魂」的聲音。那的確是「靈魂」的聲音。但是或許是我那時的心情，太異乎尋常，是以我聽來覺得「靈魂」的聲音，十分異樣，說不出來的怪異。

「靈魂」是對誰在說話？是對我麼？大抵是對我在講話了，他道：「別緊張，教授說過，他一定能成功，你可以繼續活下去的。」

繼續活下去，繼續活下去，這句話我聽了不知道多少遍了，可是卻沒有人知道，我寧願不要活下去，我寧願死去，也比活着只有一個頭好些！

可是有誰知道這一點呢？我想大聲叫出來，但是我卻連張開口的氣力都沒有！

「靈魂」還在不斷地重複那幾句話，我也不知道何以「靈魂」忽然對一個微不足道的「換頭人」，表示起那樣的關心。

在那樣的情形下，我當然也不及去深究他為什麼要不斷地那樣說，「靈魂」的聲音，漸漸地，也變成了蜜蜂「嗡嗡」聲的一部分了。

我覺得在半昏迷的狀態之中，漸漸地，我知覺麻木了，我的神智也更迷糊了，終於，我昏了過去。

我不知道在經過了多少時候之後，才醒過來的。

當我的腦子又能開始活動，而且知道有我自己這個人存在之際，我盡量想：我是誰？我在什麼地方？我怎麼了？

過了沒有多久，慢慢地想了起來，所有的事，全想起來了！

我現在怎樣了？我的身子……我的身子……我感不到身子的存在，難道我的頭，已被奧斯教授切下來了？我的頭……是被安置在什麼地方呢？

我立即想起了那隻在奧斯教授實驗室中看到的猴子頭來。

我的腦中，清晰地現出那猴子頭像是在進行土耳其浴的樣子來。

我的身體一定已經不見了，而代之許多根粗細不同的管子，我的身體！

那一剎間，我在感覺上的驚恐，實在難以形容，我用盡所有的氣力，想感覺我身體的存在，但是自頭以下，一點知覺也沒有。

我拚命設想着我在揮手，在頓足，但是一切都屬徒勞，我只覺得輕飄飄地，所發出的力道，絕無歸依。

我用盡所有的氣力，想睜開我的眼睛來，這本來是一個連嬰兒也輕而易舉的動作，但這時對我來說，卻像是在用力舉着千斤閘！

但是我卻至少還可以感到我眼皮的存在，它們雖然沉重，但還存在着，不像我的身子那樣，已然消失。

我一定已失去我的身體了，我的身體，已和那個大獨裁者的頭連在一起，而我已不是一個人，我只是一顆頭。

我在比噩夢更恐怖千百倍的恐懼中打着滾，突然，我的努力，有了結果，我的眼皮，竟然可以慢慢地睜開來了。

我可以看到東西了，我的身體，我第一眼要看的，是我的身體！

我首先發覺，我臉向上躺着，我盡量將我的眼珠壓得向下。

可是，我看不到我的身子！

我只看到一隻鋼櫃，我的頭在鋼櫃之外，看來，我像是在洗土耳其浴。

而我立即所想到的，便是那隻猴子頭。

自我的喉中，發出了一陣陣呻吟聲來。其實，那並不是呻吟聲，而是喉部發生痙攣時所發出的聲音。我的身體真的不見了。

我不但喉頭發出可怕的聲音，鼻孔中也呼哧呼哧地噴着氣，不知道過了多久，忽然，我發覺，在發出同樣的怪聲的，不止是我一個人。

就在我的身側不遠處，有另一個人，也發出同樣的聲音。

我呆了一呆，這個發現，令得我慌亂之極的心情，平靜了些，我勉力轉過眼，向我的左側看去，我看到了在我左側三尺處，有着另一個人。

其實，那不是另一個人，應該説，是另一顆人頭。

那個人頭，和我的處境相同，他也是仰天躺着，眼珠卻向着我這一邊，他自頸以下，是一個長方形的鐵櫃，看不見他的身子。

他的頭髮被剃得一根不剩，連眉毛也是，是以看來十分滑稽。

我當然不會去嘲笑他的怪相，因為我自己也是那樣子的。

我一看到了他，第一個念頭便是：這一定是原來的那個，我曾經遇到過的換頭人了。我是將他擊昏了過去，塞在牀底下的，但這時他已被發現。

可是，當我向他多看了一眼之後，我卻發現他並不是那個換頭人，這個人的頭大得多，而且，他寬闊的額角，方的臉型，都表示他獨斷之極，他即使沒有頭髮，沒有眉毛的，也給人以他不是普通人的感覺。

他，是什麼人？我迅速地想着，我並不用想多久，就得到答案了。

他，A區的主席！

一想到了這一點，我的心境，突然平靜了下來。那是突如其來的，剛才我心中的亂，難以形容，但這時，我已完全靜了下來。

我明白，我的身體還在，未曾被切去。

我之所以感覺不到我身體的存在，那是因為我的身體被冷藏了。同樣的，主席的身子在我的旁邊，當然他那已潰爛不堪的身子，也在進行冷藏，以便使他的頭，可以被順利地切下來。

而當我的心境平靜下來之後，我發現我的喉頭，不但可以發出那種怪異的發音，而且，也要以十分吃力地講話，我勉力地道：「主席！」

主席居然也能說話，他道：「手術什麼時候開始，我……還要等多久？」

我沒有回答他這個問題，我只是問他：「你怕麼？」

主席不回答，只是喘着氣。

我又道：「主席，在你的統治之下，有好幾百萬的人頭和身體分離了，現在，當你自己的頭，要和身子分離的時候，你害怕了？」

我無法十分清楚地看到我的話在主席的臉上所引起的反應，但是我卻可以聽到一陣濃重的喘息聲，我又道：「你真的害怕，是麼？」

主席的聲音很微弱，他道：「你是誰？你不是被選定的人！」

我道：「是的，他們弄錯了。」

主席叫了起來，他的叫聲，十分微弱，我懷疑除了我之外，是不是還有第二個人可以聽得到。

他叫了幾聲，便不再叫。我又說道：「我來，想救奧斯教授出來，他們弄錯了。」

主席道：「你……為什麼不向他們說明？」

我道：「我當然會向他們說明，但你一生之中，可曾在這樣的情形之下，見過一個陌生人？」

主席發出了一陣怪異的笑聲：「很難說，我可以永遠活下去！誰知道會有什麼怪事發生？」

我道：「是的，你的身子壞了，你可以換一個身子，以後，你的頭壞了，你可以再換一個頭，但，那還是你麼？」

主席這才道：「你不說，我也會告訴他們的，他們弄錯了，這實在是一項可笑的錯誤。」

我應聲道：「我們的見面，也是可笑的見面。」

主席又怪聲笑了起來：「不怎麼可笑，你使我想起了一個問題來：我還是我麼？」

我並沒有回答他，因為我已經聽到了門柄轉動的聲音，我盡我所能地叫了起來：「奧斯，奧斯！」

雜遝的腳步聲，向我奔了過來。

我首先看到奧斯高大的身形，向我逼近，同時聽得他叫道：「天，怎麼一回事，怎麼一回事！」

我長長地鬆了一口氣，奧斯這樣氣急敗壞地叫道，那當然表示他已認出我來了。

而他已然認出了我，當然不會再將我的頭切下來。

這時心頭的輕鬆，難以言喻，而且，我還產生一樣異樣的感覺，我感到自己以後，實在沒有什麼再值得可怕的事了！

接着，「靈魂」也奔了進來，叫道：「什麼事？」

奧斯的聲音，十分憤怒，他還認為那一切是「靈魂」安排的，是以他怒氣沖沖地道：「什麼事，你看看這是誰，這是衛斯理！」

「靈魂」俯首向我望來，他惱怒之極，揚手向我打來。然而他還未曾打中我，便被主席喝住了。主席的聲音聽來十分微弱，但是，卻具有無上的權威，他道：「別打他，好好地對待他。」

「靈魂」的手僵在半空，他奇怪地轉過頭去，望着主席。但是卻並沒有表示異議。

接着，奧斯已指揮着幾個人，將那鐵櫃上的儀器，作了一番調整，我想那一定是提高溫度的，是以我漸漸地覺得暖了起來，可以覺得我身子的存在。

最後，我被拖了出來，奧斯一直在照顧着我，我被送到了一間十分舒服的病房之中，奧斯望着我：「你可以睡得着麼？」

我搖了搖頭，奧斯又道：「那麼，我替你注射一針鎮靜劑如何？」

我苦笑了一下：「有必要麼？」

奧斯點頭道：「那比較好些。」

我接受了他的勸告，接受了注射。五分鐘之後，我開始沉沉地睡了過去。

當我醒來時，陽光十分刺目。窗簾未曾拉上，陽光直射在我的臉上。

我睜開眼來，但是陽光使我目眩，我立時又閉上了眼睛，然後轉過頭去，在我還未曾再睜開眼來時，我已經聽到一個十分熟悉的聲音。

那十分熟悉的聲音叫道：「衛斯理，你準備做和尚麼？就算做和尚，也不必去剃眉毛的啊！」

那是巴圖的聲音。

我立時睜開眼來，真的是巴圖！

我連忙坐了起來，緊緊和巴圖握手，在經歷了如此可怕的事情之後，又見到了好友，心情的激動、歡愉，實在難以形容。

巴圖一面用力地搖着我的手，一面道：「別緊張，你沒有事了，你沒有事了。」

過了足足五分鐘之久，我才出得了聲，我道：「巴圖，我們怎會在一起的？」

巴圖道：「我也不知道，你被幾個人推進來，那時你正睡着，我也認不出你是什麼人，後來由於好奇，想看看和我一起的是什麼人，才認出你來的。」

我深深地吸了幾口氣，這時，我實在感到人類的語言文字，在我現在這樣情形之下，真不夠用。不論是什麼文字，「死裏逃生」，已將一個經歷了可怕的事情之後的人的心情，形容到極致了。

但是，我卻不是「死裏逃生」，因為我一直沒有死亡的威脅，然而，我雖然可以活下去，但是卻比死更可怖，更令人心悸！

巴圖想是也從我的臉色上，看出我曾有着十分恐怖的經歷，是以他不斷安慰着我，直到我反問他道：「你受傷之後，怎麼樣？」

「我很好，什麼都有，所欠缺的只是自由而已。」

「巴圖，這裏是什麼地方？我們可能想辦法逃出去麼？我實在受夠了！」

巴圖搖了搖頭：「我怕不能，你不妨自己去觀察一下。」

我站起身，到了窗前，向下看去，我並沒有被搬離這所醫院，仍然在這所醫院之中，只不過現在，我在這所醫院的頂樓。

原來巴圖在受傷之後，一直也在這所醫院中，那倒的確是我所料不到的事。既然是在這所醫院中，自然不作逃走之想，因為沒有可能，我嘆了一聲，又回到牀上，坐了下來。

巴圖道：「在我們分手之後，你究竟又遭遇了一些什麼事？」

我嘆息了一聲：「真是說來話長！」

巴圖道：「反正我們沒有別的事，你可以原原本本地和我說一說，我實在悶死了。」

我又沉默了片刻，定了定神，才將我和他分手之後，我所經歷的事情，和他詳詳細細，講了一遍，直講到我接受了奧斯的勸告，接受了鎮定劑注射為止。

我的話講完，巴圖的神態，十分緊張：「如此說來，這項駭人聽聞的換頭手術，正在進行中？」

我道：「那要看我已睡了多久。」

「你進這間病房，有五小時。」

我苦笑了一下：「五小時，五小時，那他們已經足夠有時間將原定的換頭人冷藏妥當，奧斯教授也正在進行手術了。」

巴圖顯得有點不可信地問我：「就在這所醫院嗎？」

我慢慢地點頭：「自然就在這裏！」

我們兩人，都好一會不出聲。

在那保持沉默的幾分鐘之內，我們兩人的心情，十分難以形容。一方面，無法制止這件事的進行，我們都感到十分遺憾。另一方面，我們也為自己，為奧斯教授的命運，而覺得擔心。

我們能夠安全離開A區麼？還是將被投入A區著名的黑牢之中？

我和巴圖，都可以說神通廣大，但即使我們現在會飛，也逃不出去。

我們只好等着，將自己能否恢復自由的希望寄託在希望奧斯手術成功之上……這是一件十分矛盾的事，但是我卻不能忘記這個大獨裁者在和我見過面後，吩咐要好好對我的那句話。

在我醒來之後，我們共同在那間病房之中，大約過了令人心焦的三十小時。

在三十小時內，我們有五次和外人接觸的機會，那是四個全副武裝，送食品進來的衛士，但是我們卻無法向他們詢問手術進行的情形，他們根本不回答任何問題。

直到第二天的傍晚時分，一個軍官走進來，向我們宣布：你們可以離境了！

這實在是我們所不敢夢想的，由於事情來得太突然，以致我和巴圖兩人，都僵立在那裏，那軍官不但帶來了這個命令，而且還帶來了我們原來的衣服，命令我們穿上。而在軍官身後的幾名士兵，他們手中的槍，槍口始終對準着我們。

我和巴圖迅速地換上衣服，我裝着十分輕鬆地問道：「為什麼忽然釋放我們了？」

那軍官並沒有說什麼，只是喝令我們離開病房，由樓梯走到了醫院的底層。在那裏，我們遇到了神情極其疲乏的「靈魂」。

「靈魂」只是冷冷地向我們望了一眼：「算你們的運氣好，是主席特別命令，准你們自由離去。」

我忙問道：「手術成功了？」

「靈魂」卻沒有回答我，而接着，我已看到了奧斯教授。

他從一問房間中走出來，滿頭是汗，身子搖搖擺擺，我叫了他一聲，他也沒有聽到，我還想叫第二聲時，身後的士兵把我押走了。

當我的頭髮和眉毛，又漸漸地長出來的時候，已經是六個月之後的事。A區主席在經過了神秘的不露面的六個月以後，出席了一次群眾性的集會。他的圖片，被無線電傳真，送往世界每一個角落。

自此之後，他不斷地露面，看來十分健康，關於他已死的謠言，一掃而空。但是，這位以前喜歡演講的主席，卻未曾發表過演說，似乎啞了一樣。

這件事，直到我再次遇到奧斯，才知道原委，那是又半年之後的事了，奧斯突然跑來找我，我們在詳談了半天之後，他才道：「這次手術極成功，所差的只是極細微的疏忽，以致他的聲帶受了損害，他發出的聲音，要在離他口部一寸的地方，才能聽得到。但是，我的第二次接頭手術，反倒是完全成功的。」我知道他「第二次手術」是為那個換頭人而施的，那換頭人我也見過，祝福他已得了一個身體！

（全文完）

衛斯理小說典藏版　33

換頭記

作　　者：衛斯理（倪匡）
責任編輯：黎倩雲　　陳桂芬
封面設計：李錦興
出　　版：明窗出版社
發　　行：明報出版社有限公司
　　　　　香港柴灣嘉業街18號
　　　　　明報工業中心A座15樓
電　　話：2595 3215
傳　　眞：2898 2646
網　　址：https://books.mingpao.com/
電子郵箱：mpp@mingpao.com
版　　次：二〇二二年七月初版
I S B N：978-988-8688-81-4
承　　印：美雅印刷製本有限公司